Das Leben des frischgebackenen Doktor Amberg ist bislang nicht gerade aufregend verlaufen, und zunächst scheint es, als ob sich daran nichts ändern soll. Amberg übernimmt eine Landarztpraxis in einem weltabgeschiedenen westfälischen Dorf, das fast immer in Nebel gehüllt ist. Doch schon sehr bald ereignen sich seltsame Dinge in Morwede, und Amberg wird gegen seinen Willen vom Strom des Geschehens fortgerissen.

Da gibt es den selbstherrlichen Baron von Malchin, der aus Enttäuschung über die vermeintliche Geschichtsöde der Gegenwart einer utopischen Mittelaltersehnsucht anhängt und in seinem Dorf ein „Kaisertum von Gottes Gnaden" wiederauferstehen lassen will. Besessen arbeitet er mit seiner ebenso schönen wie kapriziösen Assistentin Bibiche an einem wahnwitzigen Experiment: an der Herstellung des Sankt-Petri-Schnees, einer Droge, die unter den in tiefer Rückständigkeit gehaltenen Dorfbewohnern einen religiösen Massenrausch auslösen soll. Bald tauchen geheimnisvolle Besucher im Gutsschloß auf, angeblich Abkömmlinge alter königlicher Geschlechter, und da ist auch Federico, ein überaus stolzer und eigenwilliger Knabe, der einer Reliefdarstellung des letzten Hohenstaufenkaisers so verwirrend ähnlich sieht. Der Baron von Malchin glaubt sich seinem Ziel, dem Aufbruch der Seelen zu einem „neuen Gottesglauben", ganz nahe, doch das Experiment endet anders als geplant ...

Eines Tages erwacht Doktor Amberg mit einer schweren Gehirnverletzung im Krankenhaus und sieht sich einer absurden Situation gegenüber: Er hat plötzlich zwei Vergangenheiten. Sind seine Erinnerungen an Morwede nur Ausgeburten des Fiebers, wie man ihm einreden will? Die Ungewißheit seiner Erinnerungen

quält ihn ebenso wie die Gewißheit, daß man seine Erinnerungen retuschieren will.

Auch in diesem Roman erweist sich Leo Perutz als
Meister des Traumhaften und Visionären, das den Ausgang bis zuletzt in der Schwebe läßt.

Leo Perutz

Sankt-Petri-Schnee

Aufbau-Verlag

1. Auflage 1989
Aufbau-Verlag Berlin und Weimar
Ausgabe für die sozialistischen Länder mit Genehmigung des Verlags
Paul Zsolnay, Wien
© Paul Zsolnay Verlag Gesellschaft m. b. H., Wien/Hamburg 1987
Einbandgestaltung Birgit Khoury / Regine Schmidt
Lichtsatz Karl-Marx-Werk, Graphischer Großbetrieb, Pößneck V 15/30
Druck und Binden
III/9/1 Grafischer Großbetrieb Völkerfreundschaft Dresden
Printed in the German Democratic Republic
Lizenznummer 301. 120/99/89
Bestellnummer 613 958 5
00185

ISBN 3-351-01389-2

*Der Erinnerung an eine früh Vollendete,
früh Gegangene gewidmet*

Erstes Kapitel

Als die Nacht mich freigab, war ich ein namenloses Etwas, ein unpersönliches Wesen, das die Begriffe „Vergangenheit" und „Zukunft" nicht kannte. Ich lag, vielleicht viele Stunden lang, vielleicht auch nur den Bruchteil einer Sekunde hindurch, in einer Art Starrheit, und sie ging dann in einen Zustand über, den ich jetzt nicht mehr beschreiben kann. Wenn ich ihn ein schattenhaftes, mit dem Gefühl einer völligen Bestimmungslosigkeit gepaartes Bewußtsein meiner selbst nenne, so habe ich das Besondere und Eigenartige an ihm nur unzureichend wiedergegeben. Es wäre leicht, zu sagen: Ich schwebte im Leeren – aber diese Worte besagen nichts. Ich wußte nur, daß irgend etwas existierte, aber daß dieses „Irgendetwas" ich selbst war, das wußte ich nicht.

Ich kann nicht sagen, wie lange dieser Zustand währte und wann die ersten Erinnerungen kamen. Sie tauchten in mir auf und zerflossen sogleich wieder, ich konnte sie nicht halten. Eine von ihnen bereitete mir, so gestaltlos sie auch war, dennoch Schmerz, oder sie machte mir Angst – ich hörte mich tief Atem holen, wie unter einem Alpdruck.

Die ersten Erinnerungen, die haften blieben, waren durchaus gleichgültiger Natur. Der Name eines Hundes, den ich einstmals kurze Zeit hindurch besessen hatte, fiel mir ein. Dann, daß ich einen Band meiner Shakespeare-Ausgabe verliehen und nicht mehr zurückerhalten hatte. Ein Straßenname und eine Hausnummer flogen mir zu, mit denen ich auch jetzt noch kein Ereignis meines Lebens in Verbindung bringen kann, und dann sah ich das Bild eines Motorradfahrers, der mit zwei erlegten Feldhasen auf dem Rücken durch die menschenleere Dorfstraße – wann war das nur gewesen? Ich entsann mich, daß ich gestrauchelt war, als ich dem Mann mit den beiden Feldhasen auswich, und im Aufstehen hatte ich bemerkt, daß ich meine Taschenuhr in der Hand hielt, acht Uhr zeigte sie, und das Glas hatte ich im Fallen zerbrochen. Ich war mit der Taschenuhr in der Hand ohne Hut und Mantel aus dem Haus –

Bis dahin war ich gekommen, da brachen plötzlich die Ereignisse der vergangenen Wochen auf mich ein mit einer Gewalt, die sich nicht schildern läßt, Anfang, Verlauf und Ende, alles im selben Augenblick, wie Balken und Steine eines zusammenstürzenden Hauses sausten sie auf mich nieder. Ich sah die Menschen und die Dinge, zwischen denen ich gelebt hatte, und sie waren über alle Maßen groß, gespenstisch; riesenhaft und furchterregend erschienen sie mir, wie Menschen und Dinge aus einer anderen Welt. Und in mir war etwas, das wollte mir die Brust sprengen: der Gedanke an ein Glück oder an die Angst um dieses Glück oder an Verzweiflung und zehrendes Verlangen – das alles sind schwache Worte. Es war der Gedanke an etwas, das sich nicht eine Sekunde lang ertragen ließ.

Das war die erste Begegnung meines erwachten Bewußtseins mit dem ungeheuren Erlebnis, das hinter mir liegt.

Es war zuviel für mich. Ich hörte mich schreien, und ich muß wohl den Versuch gemacht haben, die Decke von mir abzuwerfen, denn ich spürte einen stechenden Schmerz im Oberarm, und dann fiel ich – nein, dann flüchtete ich mich in eine Ohnmacht, die für mich die Rettung war.

Als ich zum zweitenmal erwachte, war es heller Tag. Diesmal gewann ich das vollkommene Bewußtsein meiner selbst sogleich und ohne jeden Übergang. Ich sah, daß ich mich im Zimmer eines Krankenhauses befand, in einem freundlichen, gut eingerichteten Raum, der offenbar für zahlende oder aus irgendeinem anderen Grund bevorzugte Patienten bestimmt war. Eine ältliche Pflegeschwester saß beim Fenster, sie war mit einer Häkelarbeit beschäftigt, und dazwischen schlürfte sie Kaffee. In einem Bett an der Wand mir gegenüber lag ein Mann mit Bartstoppeln, eingefallenen Wangen und weißbandagiertem Kopf. Er blickte mich unverwandt an aus großen, traurigen Augen und mit einem Ausdruck von Besorgnis im Gesicht. Ich glaube, ich habe durch eine rätselhafte Spiegelung ein paar Augenblicke lang mich selbst gesehen, wie ich dalag, blaß, abgemagert, unrasiert und mit verbundenem Kopf. Doch es kann auch sein, daß ich einen fremden Menschen gesehen habe, einen Patienten, der, während ich bewußtlos war, das Zimmer mit mir geteilt hat. In diesem Fall muß er innerhalb der nächsten Minuten aus dem Zimmer entfernt worden sein, ohne daß ich es merkte. Denn als ich die Augen wieder öffnete, sah ich ihn nicht mehr, und auch sein Bett war verschwunden.

Jetzt konnte ich mich an alles erinnern. Die Ereignisse, die mich hierher gebracht hatten, standen klar und festumrissen vor mir, aber sie trugen jetzt ein anderes Gesicht. Sie hatten das Ungeheuerliche, das Beklemmende verloren. Manches von dem, was ich erlebt hatte, erschien mir auch jetzt noch unheimlich, manches rätselhaft und unerklärbar. Aber alle diese Geschehnisse erschreckten mich nicht. Und auch die Menschen sah ich nicht mehr als riesenhaft schwankende, furchterregende Phantome. Sie standen in Tageshelle, sie hatten irdisches Maß, sie waren Menschen wie ich und alle anderen, Geschöpfe dieser Welt. Und sie schlossen sich, unmerklich fast und wie von selbst, meinem früheren Dasein an, die Tage, die Menschen und die Dinge, sie verschmolzen mit ihm, sie waren ein Stück meines Lebens und von ihm untrennbar geworden.

Die Pflegeschwester merkte, daß ich erwacht war, und stand auf. In ihrem Gesicht war ein Ausdruck von selbstzufriedener Einfalt, und jetzt, während ich sie ansah, fiel mir plötzlich ihre Ähnlichkeit mit jenem alten Weib auf, das wie eine Megäre aus dem Haufen der tobenden Bauern hervorgesprungen war und den greisen Pfarrer mit dem Brotmesser bedroht hatte. „Schlagt den Pfaffen nieder!" hatte sie geschrien. Und es schien mir sonderbar, daß sie jetzt hier in meinem Zimmer war, still, geräuschlos und einfältig, und daß sie mich pflegte. Doch indem sie näher kam, verlor sich diese Ähnlichkeit. Ich hatte mich getäuscht. Als sie vor meinem Bett stand, sah ich in ein völlig fremdes Gesicht. Ich hatte diese Frau nie zuvor gesehen.

Sie merkte, daß ich sprechen wollte, und hob abwehrend beide Hände – das sollte heißen, ich möge mich schonen, das Sprechen tue mir nicht gut. In diesem Augenblick hatte ich plötzlich das Gefühl des „déjà vu", die Empfindung, als hätte ich dies alles – das Bett, das Krankenzimmer, die Pflegerin – schon einmal erlebt. Natürlich war auch das eine Täuschung, aber die Wirklichkeit, die hinter dieser Empfindung lag, war nicht weniger sonderbar. Ich hatte, dessen entsann ich mich jetzt, in dem westfälischen Dorf, in dem ich Arzt gewesen bin, wiederholt eine Art zweiten Gesichts gehabt, ich hatte den Zustand, in dem ich mich jetzt befand, in manchen Augenblicken hellseherisch vorausempfunden. Das ist die Wahrheit, ich kann sie beschwören – auf dem Boden Westfalens sind solche Erscheinungen seit jeher beobachtet worden.

„Wie bin ich hergekommen?" fragte ich.

Die Krankenschwester zuckte die Achseln. Vielleicht war es ihr verboten worden, sich mit mir in ein Gespräch über diesen Punkt einzulassen.

„Wie lange bin ich hier?" fragte ich weiter.

Sie schien zu überlegen.

„Es ist jetzt die fünfte Woche", gab sie nach einer Weile zur Antwort.

– Das ist unmöglich – stellte ich fest. – Draußen schneit es, es ist noch immer Winter. Es können nur Tage vergangen sein, seit ich hierher gebracht worden bin. Vier Tage oder vielleicht fünf. An jenem Sonntag, dem letzten Tag in Morwede, hat es geschneit, und es schneit noch immer. Warum lügt sie? –

Ich sah ihr ins Gesicht.

„Das kann nicht stimmen", erklärte ich. „Sie sagen mir nicht die Wahrheit."

Sie wurde verwirrt.

„Vielleicht sind es sechs Wochen", sagte sie zögernd. „Ich weiß es nicht so genau. Ich bin die fünfte Woche hier auf dem Zimmer. Vor mir war eine andere Schwester da. Als ich kam, lagen Sie schon hier."

„Welchen Tag haben wir heute?" fragte ich.

Sie tat, als hätte sie mich nicht verstanden.

„Welchen Tag im Kalender?" wiederholte ich.

„Welches Datum?"

„Den 2. März 1932", sagte sie endlich.

„Den 2. März." Diesmal sprach sie die Wahrheit, das sah ich ihr an. Das Datum stimmte mit meinen Berechnungen überein. Am 25. Jänner hatte ich meine Stelle als Gemeindearzt in Morwede angetreten. Einen Monat lang, bis zu jenem verhängnisvollen Sonntag, hatte ich in dem kleinen westfälischen Dorf gearbeitet. Ich war seit fünf Tagen hier, das hatte ich nun festgestellt. Warum belog sie mich? Und in wessen Auftrag tat sie es? Wer hatte ein Interesse daran, mich glauben zu machen, ich hätte im Zustand der Bewußtlosigkeit volle fünf Wochen hier in diesem Krankenzimmer verbracht? Es hatte keinen Sinn, weiter in sie zu dringen. Als sie merkte, daß ich keine Fragen mehr zu stellen hatte, berichtete sie mir unaufgefordert, daß ich schon mehrere Male bei Bewußtsein gewesen sei. Einmal, als sie beim Verbandwechsel eine Schüssel fallen ließ, hätte ich, ohne die Augen zu öffnen, gefragt, wer denn da sei. Später hätte ich öfter über Schmerzen geklagt, behauptete sie, und auch zu trinken verlangt, sei aber immer gleich darauf wieder eingeschlafen. – An all das vermochte ich mich nicht zu erinnern.

„Das wissen die wenigsten nachher", sagte sie und ging an ihren Fensterplatz und zu ihrer Häkelarbeit zurück.

Ich lag mit geschlossenen Augen und dachte an das, was nun zu Ende war – für immer zu Ende. Sie lebte, das wußte ich, sie war der grauenvollen, letzten Stunde und der Vergeltung entronnen – das stand für mich fest, wie Felsen stehen. Sie war zu stark, um unterzugehen. Die Kugel, die ihr galt, hatte mich getroffen. Menschen von ihrer Art gehen nicht unter. Was immer sie begeht, wie groß die Schuld auch sein mag, mit der sie sich belädt – sie wird immer Menschen finden, die sich zwischen sie und das rächende Schicksal werfen.

Aber ich wußte auch, daß es zu Ende war, daß sie nicht wiederkommen werde. Ein zweites Mal führte sie ihr Weg nicht zu mir zurück. Was lag daran! Eine Nacht lang hatte sie mir gehört. Und diese Nacht blieb mir, die konnte mir niemand entreißen, sie lag in meinem Leben eingeschlossen wie der dunkelrote Almandin in einem Stück Granit. Durch diese Nacht war ich für immer mit ihr verbunden. Ich hatte sie in meinen Armen gehalten, ich hatte ihre Atemzüge erfühlt und ihren Herzschlag und das Zittern, das durch ihre Glieder lief, ich hatte das Kinderlächeln ihres Erwachens gesehen. Vorüber? Nein. Was eine Frau in solch einer grenzenlosen Nacht verschenkt, das verschenkt sie für immer. Vielleicht gehörte sie jetzt einem anderen – ohne Trauer vermochte ich daran zu denken. Lebewohl, Bibiche!

„Bibiche" – so nannte sie sich, wenn sie mit sich selbst sprach. – „Arme Bibiche" – wie oft habe ich diesen zärtlich-klagenden Laut aus ihrem Mund gehört. „Sie sind mir böse, und ich weiß nicht, warum. Arme Bibiche!" – das stand auf einem Zettel, den mir ein kleiner Junge brachte, – wie lange ist das her? Und einmal, als wir einander kaum noch kannten, in jener Zeit, in der sie tat, als wäre ich ihr gleichgültig, da hatte ihr ein Tropfen von irgendeiner Säure die Hand versengt. „Das tut ja weh! Du bist nicht gut zu Bibiche!" – hatte sie geklagt und erstaunt und traurig ihren kleinen Finger betrachtet. Und als ich über ihre Worte lachte, hatte mich ein kalter und abweisender Blick gestreift.

Das ist vorüber. Diesem Blick werde ich nicht mehr begegnen. Das ist für immer vorüber seit jener Nacht –.

Ich hörte Schritte und öffnete die Augen. Der Oberarzt und seine beiden Assistenten standen an meinem Bett, und hinter ihnen schob ein herkulisch gebauter Mensch in einem blauweiß gestreiften Zwilchkittel den Verbandtisch zur Tür herein.

Ich sah ihn an und erkannte ihn sofort, seine Verkleidung konnte mich nicht beirren. Dieser mächtige Körper, das zurückfliehende, weich geformte Kinn, die tiefliegenden, wasserblauen Augen – dieser Mann im Zwilchkittel war der Fürst Praxatin, der Letzte aus dem Hause Rurik. Die Narbe an seiner Oberlippe konnte ich nicht sehen, er hatte sich einen Schnurrbart wachsen lassen, auch trug er das weißblonde Haar nicht mehr zurückgestrichen, es fiel ihm in die Stirn, und seine Hände waren braun und ungepflegt – war er es oder war er es nicht? Er war es, da gab es keinen Zweifel. Schon die Art, wie er meinem Blick auszuweichen suchte, sagte mir alles. Er hatte hier eine Zuflucht gefunden, sich in Sicherheit gebracht, unter einem geborgten Namen spielte er den Krankenwärter, er wollte nicht erkannt werden. Nun, vor mir brauchte er sich nicht zu fürchten, mochte er sein erbärmliches Dasein weiterführen, wenn sein Gewissen es ihm erlaubte – ich hatte nicht die Absicht, ihn zu verraten.

„Aufgewacht? Guten Morgen", hörte ich die Stimme des Oberarztes. „Wie fühlen Sie sich? Geht es Ihnen besser? Haben Sie Schmerzen?"

Ich gab keine Antwort. Ich starrte noch immer den Fürsten Praxatin an. Er hatte sich abgewendet, mein Blick beunruhigte ihn. Und jetzt sah ich, was mir vorher entgangen war: eine brennrote Schramme, die hinter seinem rechten Ohr begann und bis in die Gegend des Kinns lief – ein Andenken an jene Nacht, in der er seinen Freund und Wohltäter verraten hatte.

„Wissen Sie, wo Sie sind?" fragte der Oberarzt.

Ich sah ihm ins Gesicht. Er war ein Mann von etwa fünfzig Jahren mit graumeliertem Spitzbart und lebhaft blickenden Augen. Er wollte offenbar feststellen, ob noch eine Trübung des Bewußtseins bei mir vorhanden sei.

„In einem Krankenhaus bin ich", gab ich zur Antwort.

„Ganz richtig", bestätigte er. „In Osnabrück, im städtischen Krankenhaus."

Der eine der beiden Assistenten beugte sich über mich.

„Erkennst du mich, Amberg?" fragte er.

„Nein", sagte ich. „Wer sind Sie? Wer bist du?"

„Mensch, du mußt mich doch kennen", sprach er mir zu. „Denk doch einmal nach. Wir haben in Berlin ein Semester lang zusammen im bakteriologischen Institut gearbeitet. Hab ich mich wirklich so verändert?"

„Sind Sie der Dr. Friebe?" fragte ich unsicher.

„Na also! Endlich. Hast du mich doch erkannt", stellte er befriedigt fest, und dann begann er, mir den Verband vom Oberarm und von der Schulter abzunehmen.

13

Dieser Dr. Friebe war mein Kollege im bakteriologischen Institut gewesen, er hatte sie auch gekannt. Ich hätte brennend gerne ihren Namen aus seinem Mund gehört, aber irgend ein Instinkt hielt mich ab, von ihr zu sprechen oder nach ihr zu fragen.

Ich wies auf die Schußverletzung an meinem Arm.

„War es ein Steckschuß?" fragte ich.

„Was denn?" meinte er zerstreut.

„Hat man die Kugel extrahieren müssen?"

Er sah mich groß an.

„Von welcher Kugel sprichst du? Du hast Rißquetschwunden am Arm und an der Schulter."

Ich wurde ärgerlich.

„Rißquetschwunden?" rief ich. „Das ist doch Unsinn. Die Verletzung am Arm stammt von einem Revolverschuß und die an der Schulter von einem Messerstich. Das muß sogar ein Laie sehen. Und außerdem –"

Jetzt mengte sich der Oberarzt ein.

„Hören Sie mal – was glauben Sie denn? Unsere Verkehrspolizisten pflegen doch nicht gegen Passanten, die ihre Weisungen unbeachtet lassen, mit Messern und Revolvern loszugehen."

„Wovon sprechen Sie eigentlich?" unterbrach ich ihn.

„So erinnern Sie sich doch!" fuhr er fort. „Sie standen vor genau fünf Wochen gegen zwei Uhr mittags hier in Osnabrück auf dem Bahnhofplatz, mitten im stärksten Verkehr, und starrten wie ein Hypnotisierter vor sich hin. Der Verkehrspolizist schrie auf Sie ein, die Chauffeure brüllten Sie an, aber Sie hörten nichts, Sie rührten sich nicht –"

„Das ist richtig", sagte ich. „Ich sah einen grünlackierten Cadillac."

„Du lieber Gott!" meinte der Oberarzt. „Es ist ja wahr, es gibt nur diesen einen Cadillac hier in Osnabrück. Aber für Sie, der Sie aus Berlin kommen, ist ein Cadillac doch keine so besondere Sensation. Sie werden diese Marke doch schon öfter gesehen haben."

„Ja, aber diesen Cadillac –"

„Nun, und was geschah weiter?" unterbrach er mich.

„Ich ging über den Platz zum Bahnhof, löste meine Fahrkarte und stieg in den Zug."

„Nein", sagte der Oberarzt. „Sie kamen nicht zum Bahnhof. Sie liefen direkt in ein Auto hinein und wurden niedergestoßen. Bruch der Schädelbasis, Bluterguß ins Gehirn – so brachte man Sie hierher. Sie waren nicht gut daran, es hätte auch anders ausgehen können. Jetzt sind Sie außer Gefahr."

Ich versuchte in seinem Gesicht zu lesen. Das konnte doch nicht sein Ernst sein, das war ja Wahnsinn, was er da sprach. Ich war in den Zug gestiegen, hatte zwei Zeitungen und ein Magazin gelesen, und dann schlief ich ein. Als der Zug in Münster hielt, erwachte ich und kaufte mir auf dem Bahnsteig Zigaretten. Um fünf Uhr, als es zu dunkeln begann, kam ich nach Rheda, und von dort fuhr ich in einem Schlitten weiter.

„Verzeihen Sie", sagte ich ganz bescheiden. „Aber die Kopfverletzung rührt doch von einem Schlag mit einem stumpfen Instrument her. Es war der Hieb eines Dreschflegels."

„Was denn!" rief er. „Wo in aller Welt gibt es heute noch Dreschflegel? Überall auf dem Land arbeitet man doch mit Maschinen."

Was hätte ich darauf erwidern sollen! Er konnte ja nicht wissen, daß es auf dem Gut des Freiherrn von Malchin keine Maschinen gab, daß dort das Korn gesät, geschnitten und gedroschen wurde wie vor hundert Jahren.

„Dort, wo ich bis vor fünf Tagen war, gibt es noch Dreschflegel", sagte ich endlich.

Er wechselte einen Blick mit Dr. Friebe.

„Dort, wo Sie bis vor fünf Tagen waren?" fragte er in gedehntem Ton. „Wirklich? Na, dann wird es schon so sein. Also ein Hieb mit einem Dreschflegel. Alles in Ordnung, denken Sie nicht weiter daran. Solche unangenehme Erlebnisse mit Dreschflegeln vergißt man am besten. Versuchen Sie, Ihre Gedanken auszuschalten, Sie brauchen Ruhe. Später einmal werden Sie mir alles erzählen."

Er wendete sich an die Pflegeschwester:

„Bisquit, Tee mit Milch, dünnes Gemüse", ordnete er an, und dann ging er, und seine beiden Assistenten folgten ihm, und als letzter verließ, den Verbandtisch vor

15

sich hinschiebend, der Fürst Praxatin, mit einem scheuen Seitenblick auf mich, das Zimmer.

Was war denn das gewesen? Was hatte das zu bedeuten? Wollte mir der Oberarzt eine Komödie vorspielen? Oder glaubte er tatsächlich an diesen Autounfall? Aber es war doch ganz anders, das mußte er doch wissen, ganz anders ist es gewesen.

Zweites Kapitel

Ich heiße Georg Friedrich Amberg und bin Doktor der Medizin. Mit diesen Worten wird mein Bericht über die Ereignisse in Morwede beginnen, den ich eines Tages schriftlich niederlegen werde, sobald ich physisch dazu imstande bin. Bis dahin wird wohl noch einige Zeit vergehen. Ich bin außerstande, mir Feder und Papier zu verschaffen – ich soll ja ruhen, meine Gedanken ausschalten, auch verweigert mir mein verwundeter Arm den Dienst. Ich kann nichts anderes tun, als das, was geschehen ist, mit allen Einzelheiten meinem Gedächtnis einprägen, ich muß es festhalten, damit nichts, auch nicht das scheinbar Unbedeutende, verloren geht – das ist alles, was ich jetzt tun kann.

Ich werde in meiner Erzählung weit zurückgreifen müssen. Meine Mutter verlor ich wenige Monate nach meiner Geburt. Mein Vater war ein Historiker von Ruf, die Geschichte Deutschlands bis zum Interregnum war sein Spezialgebiet. In den letzten Jahren seines Lebens hielt er an einer mitteldeutschen Universität Vorlesungen über den Investiturstreit, über die deutsche Wehrverfassung zu Ende des dreizehnten Jahrhunderts, über Sinn und Bedeutung der Sonnenlehen und über die Verwaltungsreformen Friedrichs II. Als er starb, war ich vierzehn Jahre alt. Er hinterließ nichts als eine ansehnliche, aber etwas einseitig angelegte Büchersammlung – sie enthielt außer den Klassikerausgaben nur historische Werke. Einen Teil dieser Bücher besitze ich noch heute.

Eine Schwester meiner Mutter nahm mich zu sich. Sie war eine pedantisch-strenge, wortkarge und nüchterne Frau, die selten aus sich herausging – wir hatten einander wenig zu sagen. Dennoch werde ich ihr mein Leben lang Dankbarkeit bewahren. Ich hörte zwar kaum jemals ein freundliches Wort von ihr; aber sie wußte ihre geringen Mittel so einzuteilen, daß ich mein Studium fortsetzen konnte. Ich hatte schon als Knabe ein brennendes Interesse für das Wissensgebiet meines Vaters gezeigt, es gab kaum ein Buch in seiner Bibliothek, das ich nicht mehrmals gelesen hatte. Als ich aber kurz vor meinem Abiturium zum erstenmal die Absicht äußerte, mich dem Studium der Geschichte zu widmen und sodann die akademische Laufbahn einzuschlagen, sprach sich meine Tante mit aller Entschiedenheit dagegen aus. Geschichtsforschung erschien ihrem nüchternen Verstand als etwas Vages, Überflüssiges, der Welt und dem Leben Fremdes. Ich sollte einen praktischen Beruf ergreifen, mich, wie sie es ausdrückte, auf festen Boden stellen, also entweder Arzt oder Jurist werden.

Ich wehrte mich dagegen, und es kam zu heftigen Auseinandersetzungen. Eines Tages rechnete mir meine Tante, pedantisch, wie sie war, mit Bleistift und Papier die Opfer vor, die sie Jahre hindurch gebracht hatte, um mir das Studium zu ermöglichen. Da gab ich nach – was blieb mir anderes übrig! Sie hatte sich ja wirklich um meinetwillen Entbehrungen auferlegt und meinte es gut mit mir, ich durfte sie nicht enttäuschen. Ich inskribierte mich an der medizinischen Fakultät.

Sechs Jahre später war ich ein Arzt von durchschnittlichem Wissen und Können, wie es ihrer viele gibt, mit einem Jahr Spitalpraxis, ein Arzt ohne Patienten, ohne Geld, ohne Verbindungen und, was das Schlimmste ist, ohne innere Neigung für meinen Beruf.

Ich hatte im letzten Jahr meiner Studienzeit unter der Einwirkung eines Erlebnisses, auf das ich noch zu sprechen kommen werde, gewisse Gewohnheiten angenommen, die ich mir eigentlich nicht hätte gestatten dürfen. Ich pflegte mich überall dort einzufinden, wo sich die vornehme Welt traf. So bescheiden ich hierbei auch auftrat – meine veränderte Lebensweise erforderte eben doch erhöhte Ausgaben, und auch der Ertrag der Nachhilfestunden, die ich gelegentlich erteilte, reichte nicht aus, sie zu decken. So sah ich mich öfters gezwungen, wertvolle Bücher aus der Bibliothek meines Vaters zu verkaufen. In den ersten Jännertagen dieses Jahres befand ich mich wieder einmal in Geldverlegenheit, ich hatte kleine Schulden, die mich drückten. Unter den Büchern meines Vaters befanden sich die Werke Shakespeares und Molières, die letzten Klassikerausgaben, die noch vorhanden waren. Die trug ich zu einem mir befreundeten Antiquar.

Er übernahm die Bücher und bot mir einen Betrag an, den ich angemessen fand. Als ich schon in der Tür stand, rief er mich zurück, um mich darauf aufmerksam zu machen, daß die Shakespeare-Ausgabe unvollständig war. Der Band, der die Sonette und das „Wintermärchen" enthielt, fehlte. Im ersten Augenblick war ich bestürzt, zu Hause war er nicht, das wußte ich; aber dann fiel mir ein, daß ich ihn vor Monaten einem Kollegen geliehen hatte. Ich bat den Buchhändler, sich bis zum Nachmittag zu gedulden, und dann machte ich mich auf den Weg, um das Buch zurückzufordern.

Ich traf meinen Kollegen nicht in seiner Wohnung an und entschloß mich, auf ihn zu warten. Aus Langerweile griff ich nach dem Morgenblatt, das auf dem Tisch lag, und begann zu lesen.

Es ist nicht ohne einen gewissen Reiz, sich in die Minuten zurückzuversetzen, die dem unerwarteten Eintritt eines entscheidenden Ereignisses vorangingen. Sich zu fragen: Was hat dich damals beschäftigt, wo warst du, vor einer Wende deines Lebens stehend, mit deinen Gedanken? – Nun, ich saß in einem ungeheizten Zimmer und fror in meinem dünnen Überzieher; denn einen Wintermantel besaß ich nicht. Ohne besondere Aufmerksamkeit, nur um mir die Zeit zu vertreiben, las ich einen Bericht über die Verhaftung eines Eisenbahnattentäters, einen Artikel „Der Kaffee als Nahrungsmittel" und einen Aufsatz über das Geräteturnen. Ich war wütend über meinen Kollegen, ich fand es unverantwortlich von ihm, daß er mir das Buch nicht rechtzeitig zurückerstattet hatte, und außerdem irritierte mich noch ein großer Fettfleck in der Mitte des Zeitungsblattes – wahrscheinlich hatte mein Kollege während der Lektüre gefrühstückt, und sein Butterbrot war mit der Zeitung in Berührung gekommen.

Das Ereignis, das dann eintrat, hatte ein ganz gewöhnliches, ein beinahe nichtssagendes Gesicht. Mein Blick fiel auf eine Anzeige, das war alles.

Die Freiherr von Malchin'sche Gutsverwaltung in Morwede, Kreis Rheda, Westfalen, verlautbarte, daß sie die Stelle eines Gemeindearztes zu vergeben habe. Geboten wurde die Garantie eines jährlichen Mindesteinkommens, sowie freie Wohnung und Beheizung. Bewerber mit guter Allgemeinbildung sollten den Vorzug erhalten.

Daß ich für diese Stelle in Betracht kommen könnte, daran dachte ich zunächst gar nicht. Was meine Aufmerksamkeit erregte, war der Name des Gutsherrn. „Freiherr von Malchin und von der Bork" hörte ich mich sagen, und dabei fiel mir auf, daß dieses eine Wort „Malchin" den vollen Namen und Titel in meiner Erinnerung ausgelöst hatte. Er war mir geläufig. Aber wo hatte ich ihn gehört oder gelesen?

Ich dachte nach. Mein Erinnerungsvermögen schlägt manchmal sonderbare Wege ein. Eine Melodie ging mir durch den Kopf, irgendein altes Lied, an das ich viele Jahre lang nicht gedacht hatte. Ich summte es vor mich hin, einmal und noch einmal, und dann sah ich das eichengetäfelte Zimmer und den Tisch, der mit Büchern beladen war, und ich saß am Klavier und spielte das Lied, und jetzt fiel mir auch der Text ein, er war banal genug: „Hab ich nur deine Liebe", so begann es. Mein Vater ging im Zimmer auf und nieder, die Hände auf dem Rücken gekreuzt, so wie es seine Gewohnheit war. Draußen im Garten zwitscherte der Buchfink. „Die Treue brauch ich nicht", spielte ich – so ging der Text weiter. „Freiherr von Malchin und von der Bork", meldete eine Stimme, mein Vater blieb stehen und sagte: „Lassen Sie den Herrn eintreten." Und ich stand auf und ging aus dem Zimmer, wie ich es immer tat, wenn mein Vater Besuch erhielt.

Daß jener Besucher und der Gutsbesitzer in Morwede gar nicht dieselbe Person sein müßten, daß es vielleicht mehrere Träger dieses Namens gab, fiel mir erst viel später ein. Ich las die Anzeige noch einmal. Dann setzte ich mich an den Schreibtisch und verfaßte ein Bewerbungsschreiben. Ich erwähnte flüchtig meinen Vater, beschrieb meinen Lebenslauf, soweit er einen fremden Menschen interessieren konnte, und machte Angaben über meinen Studiengang.

Die Rückkunft meines Kollegen wartete ich nicht ab. Ich hinterließ ein paar Zeilen für ihn, in denen ich ihn um die sofortige Rückstellung des Buches bat, und dann ging ich zum nächsten Postamt und gab den Brief auf.

Die Antwort kam erst nach zehn Tagen; aber sie erfüllte meine Erwartung. Der Freiherr von Malchin schrieb, daß er es sich als Ehre anrechne, meinen Vater persönlich gekannt zu haben. Er sei glücklich, dem Sohn des von ihm hochgeschätzten, leider zu früh verstorbenen Gelehrten einen Dienst erweisen zu können. Er bat um Mitteilung, ob ich die Stelle noch in diesem Monat antreten könne. Ich müsse über Osnabrück und Münster fahren, in der Bahnstation Rheda werde mich ein Wagen erwarten. Einige Formalitäten seien noch zu erfüllen: Ich müsse mein Doktordiplom sowie das Zeugnis über das beendete Praktikum an das Gemeindeamt schicken.

Als ich meiner Tante mitteilte, daß ich Berlin noch in diesem Monat verlassen und eine Stelle auf dem Lande antreten würde, nahm sie dies wie etwas Selbstverständliches und Längsterwartetes zur Kenntnis. An diesem Abend sprachen wir miteinander nur über die Ausgaben, die mir nunmehr bevorstanden. Ich mußte meine Garderobe ergänzen, mußte mir die notwendigsten chirurgischen und geburtshilflichen Instrumente und einen Vorrat an Medikamenten verschaffen. Es war noch Schmuck von meiner Mutter her vorhanden: ein Smaragdring, zwei Armbänder und ein Paar altmodischer Perlenohrgehänge. Das alles machten wir zu Geld. Doch der Erlös blieb hinter unseren Erwartungen zurück, und so mußte ich, so schwer es mir auch fiel, noch einen großen Teil der Bücher meines Vaters verkaufen.

Am 25. Jänner begleitete mich meine Tante zum Bahnhof. Sie ließ es sich nicht nehmen, mir meinen Reiseproviant aus eigener Tasche zu bezahlen. Als ich am Bahnsteig Abschied nahm und ihr für alles dankte, sah ich in ihrem Gesicht zum erstenmal so etwas wie Rührung. Ich glaube, sie hatte auch Tränen in den Augen. Als ich in den Zug stieg, machte sie mit einer entschlossenen Bewegung kehrt und verließ den Bahnhof, ohne sich nochmals nach mir umzusehen. Das war so ihre Art.

Um die Mittagsstunde kam ich nach Osnabrück.

Drittes Kapitel

Ich hatte einen Aufenthalt von einer und einer halben Stunde und benützte ihn zu einem Spaziergang durch die Stadt. Es gibt in Osnabrück einen alten Platz, genannt „die große Domfreiheit", und einen aus dem sechzehnten Jahrhundert stammenden befestigten Turm, er heißt „der Bürgergehorsam". Diese beiden Namen, die mir, so gegensätzlich sie auch klingen, dennoch zueinandergehörig erschienen, hatten meine Neugierde geweckt, und ich schlug den Weg in die Altstadt ein. Doch der Zufall wollte es, daß ich weder den Platz noch den Turm zu Gesicht bekam.

Ist es wirklich ein Zufall gewesen? Ich habe gehört, daß es möglich ist, Schiffe aus einer Entfernung von vielen Kilometern durch elektrische Wellen in Bewegung zu setzen und zu lenken. Welche unbekannte Kraft hat damals mich gelenkt, daß ich vergaß, was ich suchte, und durch die winkeligen Gassen der Altstadt ging, als hätte ich noch immer ein bestimmtes Ziel vor Augen? Daß ich in ein Haustor eintrat – es war ein Durchhaus, und ich gelangte auf einen kleinen Platz, in dessen Mitte ein steinerner Heiliger stand, und rings um ihn hatten Wurstwaren- und Gemüsehändler ihre Verkaufsbuden – ich überquerte den Platz, stieg eine Treppe empor, bog in eine Seitengasse ein, und dann blieb ich vor einem Antiquitätenladen stehen. Ich glaubte, ein Schaufenster zu sehen, und wußte nicht, daß ich in die Zukunft blickte. Aber warum mir damals ein unbekannter Wille diesen Blick in die Zukunft gewährte, dafür kann ich auch heute noch keine Erklärung finden.

Zufall, gewiß, nichts weiter als Zufall. Ich neige nicht dazu, das Übersinnliche zur Deutung einfacher Vorfälle heranzuziehen, ich lehne es grundsätzlich ab, den Dingen auf solche Art ein Gewicht beizulegen, das ihnen nicht zukommt. Ich halte mich an die realen Tatsachen. Es gibt in dieser alten Stadt sicherlich viele Antiquitätenläden, und vor einem von ihnen war ich stehengeblieben, vor dem ersten, der auf meinem Weg lag. Daß zwischen all dem alten Kram, der da zur Schau gestellt wurde, den Gläsern, den römischen Kupfermünzen, den Holzschnitzereien und den Porzellanfigürchen, gerade das Marmorrelief meine Aufmerksamkeit an sich zog, darin liegt nichts Verwunderliches, denn es mußte mir schon durch seine Größe auffallen. Es war offenbar die Nachbildung eines mittelalterlichen Kunstwerkes und stellte einen Männerkopf dar – einen Kopf mit kühnen, beinahe wilden und dennoch erhabenen Zügen. Die Mundwinkel zeigten jenes erstarrte Lächeln des Entrücktseins, das man auf allen gotischen Bildwerken findet. Doch ich wußte, dieses übermäßig lange, von Leidenschaften durchfurchte Gesicht mit der mächtigen, aber edel geformten Stirn sah ich nicht zum erstenmal. Irgendwo war ich ihm schon begegnet, vielleicht in einem Buch, oder ich hatte es auf einer alten Gemme gefunden, aber wem dieses Gesicht gehörte, darauf konnte ich mich nicht besinnen, und je länger ich darüber nachsann, desto unruhiger wurde ich. Ich wußte, daß mich diese gewaltigen Züge nicht loslassen, daß sie mich bis in meine Träume verfolgen würden. Ich hatte plötzlich eine kindische Angst vor diesem Bild, ich wollte es nicht länger mehr sehen und wandte mich ab.

Da streifte mein Blick einen Stoß verstaubter Bücher und Broschüren, die durch eine Schnur zusammengehalten wurden. Den Titel des Buches, das zuoberst lag, konnte ich lesen, er lautete: „Warum verschwindet der Gottesglaube aus der Welt?"

Eine sonderbare Frage! War sie in dieser Formulierung überhaupt berechtigt? Und zu welchem dürftigen Ergebnis mochte der Verfasser des Buches gelangt sein? Welche banale Antwort hielt er für seine Leser bereit? Gab er der Wissenschaft die Schuld? Der Technik? Dem Sozialismus? Oder am Ende gar der Kirche?

So gleichgültig das alles im Grunde war – ich brachte es einfach nicht zuwege, meine Gedanken von dem Buch und von der Frage, die sein Titel aufwarf, loszuma-

24

chen. Ich befand mich in einem Zustand ungewöhnlicher Gereiztheit. Vielleicht war es die Angst vor der neuen Umgebung, vor dem Leben auf dem Lande und vor einer Aufgabe, der ich mich nicht gewachsen fühlte – vielleicht war es diese verdrängte Angst, die mich irgendeine Ablenkung für meine Gedanken suchen ließ. Ich mußte erfahren, warum der Gottesglaube aus der Welt verschwand, sofort, auf der Stelle mußte ich es erfahren. Wie eine Zwangsvorstellung lastete dieser Wunsch auf mir. Ich wollte in den Laden eintreten und das Buch kaufen, ich hätte sogar das ganze Konvolut von Büchern und Broschüren gekauft, wenn der Besitzer sich geweigert hätte, mir diesen einen Band allein zu überlassen – aber es kam nicht dazu, denn ich fand die Tür versperrt.

Es war Mittagspause, daran hatte ich nicht gedacht. Der Inhaber des Ladens war nach Hause gegangen, um zu essen. Ich verspürte jetzt gleichfalls Hunger und geriet in immer schlechtere Laune. Sollte ich hier stehen und warten, bis es dem Trödler beliebte, seinen Laden wieder aufzusperren – und dabei am Ende meinen Zug versäumen? Wozu war ich überhaupt in die Stadt gegangen? Ich hätte auf dem Bahnhof bleiben und dort in Ruhe zu Mittag speisen sollen, dann wäre mir dieser Ärger erspart geblieben. Freilich – der Ladenbesitzer konnte ja jeden Augenblick zurückkommen, vermutlich wohnte er irgendwo in der Nähe, in einem dieser alten, luftlosen Häuser mit schmutziggrauen Fassaden und erblindeten Fenstern, hinter einem dieser Fenster saß er und nahm hastig seine Mahlzeit ein – oder er war gar nicht fortgegangen, auch das war möglich, er hielt sich vielleicht in einem Nebenraum auf und hatte die Tür nur abgesperrt, um beim Essen nicht gestört zu werden.

Ich sah einen Glockenzug an der Tür und läutete. Aber niemand öffnete mir.

– Er hält also jetzt sein Mittagsschläfchen – sagte ich wütend zu mir, und ich hatte jetzt plötzlich diesen Trödler ganz deutlich vor Augen: einen kahlköpfigen, alten Mann mit grauem Stoppelbart, er lag auf dem Sofa und schnarchte. Die Decke hatte er bis zum Kinn hochgezogen, und sein speckiger, steifer Hut hing an einem Nagel neben der Tür. – Er schläft, und ich soll hier warten, bis er munter geworden ist. Ich denke nicht daran. Wenn er gerade um die Zeit, in der die Fremden kommen, nicht in seinem Laden ist! Es scheint ihm gar nicht viel daran zu liegen, seinen Trödel an den Mann zu bringen. Gut. Ich muß das Buch nicht haben.

Ich warf noch, als täte ich etwas Verbotenes, einen verstohlenen und beunruhigten Blick auf das gotische Relief, und dann ging ich.

Als ich bei dem Durchhaus angelangt war, fiel mir ein, daß ich ja dem Trödler schreiben und ihm den Auftrag geben könne, mir das Buch durch die Post zu senden. Ich ging eilig zurück, ich hatte nicht mehr viel Zeit. Der Laden war noch immer versperrt; aber ich notierte mir die Gasse, die Hausnummer und den Namen des Besitzers.

Der Mann hieß Gerson, und das Buch liegt wahrscheinlich noch immer in seinem Schaufenster, ich habe es nicht bestellt, ich hätte mir die Mühe des Zurückgehens ersparen können. Doch ich konnte nicht ahnen, daß ich die Antwort auf die beiden Fragen, die mich nicht loslassen wollten, in Morwede finden würde, daß ich dort erfahren sollte, warum der Gottesglaube aus der Welt verschwindet und welchem Lebendigen und welchem Toten die Züge jenes Marmorbildes gehörten.

Zehn Minuten vor Abgang meines Zuges stand ich auf dem Platz vor dem Bahnhof. Und hier hatte ich jene unerwartete Begegnung mit dem grünlackierten Cadillac. Um es kurz zu sagen: Er kam von rechts her, während ich auf das Zeichen des Verkehrspolizisten wartete, eine Frau saß am Volant, und diese Frau kannte ich.

Viertes Kapitel

Jetzt, während ich in diesem Krankenzimmer liege, und mein rechter Arm ruht wie schlafend oder wie betäubt ausgestreckt auf der Bettdecke, und meine Augen suchen irgendeinen Halt an den roten Strichen und Zacken und Sternen der Wandbemalung – jetzt, in dieser bedeutungslosen Minute, fühle ich, wie mir das Herz klopft und daß mein Atem stockt, nur weil ich an Bibiche denke – aber damals, auf dem Platz vor dem Bahnhof, war ich ganz ruhig, es überraschte mich selbst, wie gelassen ich blieb. Ich glaube, ich empfand diese Begegnung als etwas Natürliches und nicht weiter Merkwürdiges und war nur erstaunt darüber, daß sie so spät, daß sie im letzten Augenblick erfolgte.

Ich hatte diese Frau, die am Volant des grünlackierten Cadillacs saß, ein Jahr lang vergeblich in Berlin gesucht. Und nun ging ich, um ein anderes Leben zu beginnen, ein Leben, an das ich nur geringe Erwartungen und kaum eine Hoffnung knüpfte, eintönig-grau und freudlos sah ich es vor mir liegen – da zeigte mir die Stadt, die ich verließ, so wie man von einer herzenskalten und eigensüchtigen Geliebten fortgeht – diese Stadt mit den harten, feindseligen Zügen zeigte mir zum erstenmal ein weiches Lächeln: – „Das habe ich für dich" – rief sie mir nach. – „Du siehst, daß ich an dich denke. Und du willst gehen?" – Sollte ich umkehren und bleiben, war das der Sinn dieser Begegnung? Dann kam sie zu spät. Oder war es nur ein Abschiedsgruß, mir nachgesandt von der Welt, aus der ich schied, ein spöttisches Lebewohl, ein letztes, flüchtiges Winken vom anderen Ufer?

Es war nicht das eine und nicht das andere. Ein Wiederfinden war es und das Vorspiel zu etwas Größerem. Aber daran wagte ich damals nicht zu denken.

Man wußte im bakteriologischen Institut anfangs nur, daß sie Kallisto Tsanaris hieß und physiologische Chemie studierte. Was wir im Laufe der Zeit über sie in Erfahrung bringen konnten, war wenig genug: Sie hatte als zwölfjähriges Kind Athen verlassen und bewohnte zusammen mit ihrer Mutter, die leidend schien, eine Villa im Tiergartenviertel. Sie verkehrte nur in den allerersten Gesellschaftskreisen. Ihr Vater, der griechischer Oberst und Adjutant des Königs gewesen war, lebte nicht mehr.

Das war alles, und damit mußten wir uns zufriedengeben, denn Kallisto Tsanaris sprach mit keinem von uns über ihre persönlichen Angelegenheiten. Sie wußte eine gewisse Distanz zwischen sich und alle anderen zu legen, und wenn es je zu einer kurzen Unterhaltung kam, so galt sie ausschließlich fachlichen Dingen, der Tatsache etwa, daß der Bunsenbrenner nicht richtig funktionierte, oder der Frage, ob nicht die Anschaffung eines zweiten Hochdrucksterilisators wünschenswert sei.

Bei ihrem ersten Erscheinen im Institut hatte die griechische Studentin Aufsehen erregt, jeder von uns war bemüht gewesen, Eindruck auf sie zu machen. Man umgab sie mit allen erdenklichen Aufmerksamkeiten, man fragte sie nach ihren wissenschaftlichen Absichten, man bot ihr Rat und Unterstützung an. Später, als man bemerkte, daß sie allen Annäherungsversuchen mit der gleichen abweisenden Kühle begegnete, ließ dieses Interesse nach, ohne indessen völlig zu verschwinden. Man erklärte sie für hochmütig und anmaßend, für verwöhnt und berechnend und selbstverständlich auch für dumm. – „Wir Akademiker zählen für sie nicht" – hieß es. „Man muß, um von ihr bemerkt zu werden, zumindest einen Mercedes besitzen." – Tatsächlich schien sich ihre Abneigung gegen jede Form freundschaftlichen Verkehrs nur auf das Laboratorium zu beschränken. Wenn sie am Abend das Institut verließ, wurde sie immer von irgendeinem Kavalier erwartet, der ihr in seinen Wagen half. Wir wußten ihre Verehrer voneinander zu unterscheiden, jeder dieser Herren mit dem eigenen Wagen hatte von uns eine charakteristische Bezeichnung erhalten. Man registrierte genau, daß sie tags zuvor von dem „Erzvater Abraham" abgeholt worden war, oder

daß sie mit dem „grinsenden Faun" in einer Opernloge
gesehen worden sei. Der „Erzvater Abraham" war ein
weißbärtiger alter Herr von stark semitischem Aussehen,
der „grinsende Faun" ein sehr junger Mensch mit einem
ewig freundlichen Genießergesicht. Daneben gab es
noch den „mexikanischen Bierbrauer", den „Großwildjäger" und den „Kalmückenprinzen". Der „Großwildjäger"
erschien einmal, als sie sich bei der Arbeit verspätet
hatte, im Laboratorium, um nach ihr zu fragen. Sie befand sich im Umkleideraum, das wußten wir. Dennoch
behandelten wir den „Großwildjäger" wie einen uner-
wünschten Eindringling, erklärten ihm in strengem Ton,
daß institutsfremden Personen das Betreten des Laboratoriums nicht gestattet sei, und forderten ihn auf, draußen zu warten. Er nahm diese Zurechtweisung gelassen
hin und ging – sehr zu meinem Leidwesen, denn ich
stand in dem Ruf, eine ausgezeichnete Klinge zu führen,
und hätte mich für mein Leben gern mit dem „Großwildjäger" geschlagen, nicht so sehr aus Eifersucht, sondern
weil ich hoffte, auf diese Art in ihren Gedanken eine
Rolle spielen oder wenigstens ihre Aufmerksamkeit auf
mich lenken zu können.

Gegen Ende des Semesters war ich einige Tage hindurch krank und mußte zu Hause bleiben. Als ich wieder ins Institut kam, war Kallisto Tsanaris nicht mehr da.
Sie hatte ihre Arbeit beendet. Man erzählte mir, daß sie
sich von jedem einzelnen ihrer Kollegen verabschiedet
und daß sie auch nach mir gefragt habe. Über ihre weiteren Pläne hatte sie sich nur in ganz unbestimmt gehaltenen Worten geäußert. Dennoch behauptete man im Institut, sie habe das Studium aufgegeben und werde sich
schon in allernächster Zeit mit dem „Kalmückenprinzen" verheiraten. Aber daran glaubte ich nicht, denn sie
hatte bei ihren Untersuchungen einen besonderen Eifer
und einen ganz ungewöhnlichen, beinahe krankhaften
Ehrgeiz merken lassen, und dann – gerade den Herrn,
den wir den „Kalmückenprinzen" nannten, hatte ich
schon seit zwei Monaten nicht mehr vor dem Institut
warten gesehen. Er schien samt seinem eleganten Hi-
spano in Ungnade gefallen zu sein.

Ein halbes Jahr hindurch hatte ich vom Morgen bis

zum späten Nachmittag im selben Raum mit ihr gearbeitet. Und in dieser Zeit habe ich, wenn meine Erinnerung mich nicht täuscht, abgesehen vom Gruß beim Kommen und Gehen, nicht mehr als zehn Worte mit ihr gewechselt.

Anfangs war ich überzeugt davon, daß sie sehr bald wieder im Laboratorium auftauchen und eine neue Arbeit beginnen würde. Es wollte mir nicht in den Kopf, daß die Zeit, in der es mir erlaubt gewesen war, sie täglich zu sehen, ihre Stimme zu hören, ihren Gang, ihre Bewegungen mit den Augen zu verfolgen, nun ein für allemal vorüber war. Erst nach vielen Wochen vergeblichen Wartens begann ich, sie zu suchen.

Es gibt vermutlich exakte und sichere Methoden, einen Menschen in Berlin aufzufinden, seine Wohnung auszuforschen, seine Lebensgewohnheiten festzustellen. Ein Detektivbüro hätte diese Aufgabe wahrscheinlich innerhalb weniger Tage gelöst. Ich mußte andere Wege einschlagen. Die Begegnung mit Kallisto Tsanaris sollte eine rein zufällige sein oder ihr wenigstens als eine solche erscheinen.

Ich ging am Abend durch die Speisesäle der vornehmen Restaurants, die ich bis dahin nicht einmal dem Namen nach gekannt hatte. Man hat, wenn man ein Lokal betritt, in dem man nicht zu bleiben beabsichtigt, fast immer schon von vornherein das Gefühl, aufzufallen und Mißtrauen zu erregen. Ich tat zumeist, als suchte ich einen freien Tisch, oder als wäre ich mit einem Bekannten verabredet. Den Kellnern, die mir in den Weg kamen, nannte ich irgendeinen erfundenen Namen, ich fragte etwa nach dem Herrn Konsul Stockström oder nach dem Assessor Bauschlot und verließ mit unzufriedener Miene das Lokal, wenn ich den Bescheid erhielt, man kenne hier leider diesen Herrn nicht. Manchmal blieb ich auch und bestellte eine Kleinigkeit. Bei solch einer Gelegenheit überraschte mich einmal der Kellner mit der Mitteilung, der Herr Konsul Stockström sei soeben fortgegangen – „ein großer, schlanker Herr mit einer Hornbrille und gescheiteltem Haar".

Ich suchte Bibiche bei den Fünfuhrtees der großen

Hotels unter den tanzenden Paaren, an Premierenabenden stand ich vor dem Theater und beobachtete die Auffahrt der Autos, ich war dabei, wenn eine Kunstausstellung eröffnet oder wenn geladenen Gästen ein neuer Tonfilm vorgeführt wurde. Ich verschaffte mir mit vieler Mühe eine Einladung zu einem Rout in der griechischen Gesandtschaft. Als ich sie dort nicht traf, fühlte ich mich zum erstenmal entmutigt.

Ich entsann mich, daß einer meiner Kollegen Bibiche einmal in einer bestimmten Bar gesehen hatte. Dort wurde ich nun Stammgast. Ich saß Nacht für Nacht stundenlang bei einem Cocktail und behielt die Eingangstür im Auge. Anfangs fühlte ich, sooft die Tür ging, einen leisen Schauer der Erwartung. Später blickte ich gar nicht mehr auf, ich hatte mich, ohne es zu merken, daran gewöhnt, daß immer nur gleichgültige und uninteressante Menschen zur Tür hereinkamen.

Das Ergebnis meiner Nachforschungen war mehr als dürftig: Ich hatte eine Menge Tanzschlager im Kopf behalten und kannte die Namen der meisten neuaufgeführten Stücke. Bibiche hatte ich nicht gesehen.

Einmal traf ich den „Großwildjäger". Er saß in einer Weinstube allein an einem Tisch, rauchte eine schwere Zigarre und blickte starr vor sich hin. Er schien mir merklich gealtert zu sein. Als ich ihn so einsam sitzen sah, hatte ich die ganz bestimmte Vorstellung, daß auch er Bibiche aus den Augen verloren habe und daß er nun mit seinem Roadster kreuz und quer durch Berlin jage, immer in Unruhe, immer auf der Suche. Ich fühlte plötzlich eine Sympathie für den Mann, mit dem ich mich einst hatte schlagen wollen. Wir waren Schicksalsgenossen. Beinahe wäre ich aufgestanden und hätte ihm die Hand gedrückt. Er erkannte mich nicht; aber mein forschender Blick schien ihm unangenehm zu sein. Er wechselte den Platz und setzte sich so, daß ich sein Gesicht nicht sehen konnte. Dann zog er eine Zeitung aus der Tasche und begann zu lesen.

Bis zum letzten Tag suchte ich Bibiche. Der Gedanke, daß sie Berlin verlassen haben könnte, kam mit sonderbarerweise erst, als ich selbst am Bahnschalter stand und die Fahrkarte nach Osnabrück löste.

Und hier, in Osnabrück, auf dem Platz vor dem Bahnhof, sah ich sie, der grüne Cadillac, den sie chauffierte, hielt kaum zehn Schritte weit von mir, sie trug einen Seehundmantel und eine graue Baskenmütze.

Ich war glücklich, vollkommen glücklich war ich in diesem Augenblick. Ich hatte nicht einmal den Wunsch, von ihr gesehen und erkannt zu werden, es genügte mir, daß sie da war und daß ich sie sah. Ich glaube, das Ganze währte nur wenige Sekunden. Sie rückte ihre Baskenmütze zurecht, warf den Rest einer Zigarette weg, und dann setzte sich das Auto wieder in Bewegung.

Jetzt, da sie sich von mir entfernte, erst langsam, dann immer rascher, jetzt erst wurde es mir klar, daß ich etwas tun, daß ich in ein Taxi springen und nachfahren müsse, nicht, um mit ihr zu sprechen, nein, nur um sie nicht wieder aus den Augen zu verlieren, ich wollte wissen, wohin sie fuhr, wo sie zu Hause war. Doch zugleich kam es mir zu Bewußtsein, daß ich eine Verpflichtung übernommen hatte und nicht mehr wie früher Herr meiner Zeit war. In wenigen Minuten ging mein Zug, in der Station Rheda wartete ein Wagen auf mich. – Gleichgültig! – schrie es in mir. – Du mußt ihr nach! – Aber da war es schon zu spät. Das grüne Auto verschwand in einer der breiten Straßen, die in das Stadtinnere führen.

– Lebewohl, Bibiche! – sagte ich leise. – Zum zweitenmal hab ich dich verloren. Das Schicksal hat mir eine Chance gegeben, und ich habe sie versäumt. Das Schicksal? Warum das Schicksal? Gott hat mir dich in den Weg geschickt, Bibiche. Gott, nicht das Schicksal. – Warum verschwindet der Gottesglaube aus der Welt? – schoß es mir durch den Kopf, und einen Augenblick lang sah ich das starre, marmorne Gesicht aus dem Schaufenster des Antiquitätenladens. –

Ich fuhr auf und sah mich um. Ich stand mitten auf dem Platz, rings um mich her war ein Höllenlärm, die Taxichauffeure schrien auf mich ein, ein Motorradfahrer sprang unmittelbar vor mir von seinem Rad, fluchte und drohte mir mit der Faust; der Verkehrspolizist gab mir mehrmals hintereinander irgendein Zeichen, ich verstand ihn nicht – sollte ich stehenbleiben oder weitergehen? Geradeaus? Nach rechts? Nach links?

Ich machte einen Schritt nach rechts, und dabei fielen mir die Zeitungen und die Magazine, die ich unter dem Arm hielt, auf die Erde. Ich bückte mich, um sie aufzuheben, da hörte ich dicht hinter mir ein Hupensignal, ich ließ sie liegen und sprang zur Seite. – Nein! Ich muß die Zeitungen aufgehoben haben, denn ich las sie ja dann später während der Bahnfahrt. Ich hob sie also auf und sprang zur Seite und dann – was geschah dann?

Gar nichts geschah. Ich kam auf den Gehsteig, ging zum Bahnhof, löste die Fahrkarte und holte mein Gepäck, das alles ist ja selbstverständlich. Und dann saß ich im Zug.

Fünftes Kapitel

Auf der Bahnstation Rheda erwartete mich ein großer, viersitziger Schlitten. Ein junger Bursch, der gar nicht aussah wie ein Herrschaftskutscher, versorgte mein Gepäck, ich schlug den Kragen hoch und zog die Wolldecke über die Knie, und dann fuhren wir durch flaches, ödes Land, zwischen kahlen Chausseebäumen und über verschneite Stoppelschläge – das traurige Einerlei dieser Landschaft bedrückte mich, und das fahle Licht des zu Ende gehenden Tages vermehrte noch meine Niedergeschlagenheit. Ich schlief ein, ich werde immer müde, wenn ich fahre. Ich erwachte, als der Schlitten vor dem Försterhaus hielt. Ich hörte Hundegebell und öffnete schlaftrunken die Augen, da stand dieser Mensch, der jetzt hier in meinem Krankenzimmer den Boden fegt und so tut, als hätte er mich nie zuvor gesehen, – dieser Fürst Praxatin stand in kurzem Pelzrock und hohen Stiefeln neben dem Schlitten und lachte mich an. Die Narbe an seiner Oberlippe fiel mir sofort auf – schlecht vernäht und schlecht verheilt, stellte ich fest – was mag das für eine Verletzung gewesen sein? Wie der Schnabelhieb eines großen Vogels sieht es aus.

„Gute Fahrt gehabt, Doktor?" fragte er. „Ich habe Ihnen den großen Schlitten entgegengeschickt wegen des Gepäcks, aber ich sehe, Sie haben nur diese beiden Köfferchen."

Er sprach mit mir in einem freundlich-herablassenden Ton, dieser Mensch, der sich jetzt mit dem Kehrbesen unter dem Arm aus meinem Zimmer schleicht, wie mit einem Untergebenen sprach er mit mir. Es war nur natürlich, daß ich ihn für den Gutsherrn von Morwede hielt. Ich erhob mich im Schlitten.

„Habe ich die Ehre, mit dem Freiherrn von Malchin –"

„Nein, ich bin nicht der Baron, nur sein Gutsverwalter", unterbrach er mich. „Fürst Arkadji Praxatin – jawohl, ich bin Russe, ein vom Sturmwind losgerissenes Blatt. Einer von jenen typischen Emigranten, die immer gleich erzählen, daß sie in Rußland, ich weiß nicht, wieviele Deßjatinen hatten und ein Palais in Petrograd und eines in Moskau, und jetzt sind sie Kellner in irgendeinem Restaurant – nur daß ich zufällig nicht Kellner bin, sondern hier auf dem Gute habe ich mein Brot."

Er hielt noch immer meine Hand in der seinen. Aus seinen Worten klang jetzt eine Art schwermütiger Gleichgültigkeit und jene leichte Selbstironie, die den Zuhörer verlegen macht. Ich wollte mich ihm nun meinerseits vorstellen, aber er schien es für überflüssig zu halten, er ließ mich gar nicht zu Wort kommen.

„Inspektor, Verwalter, Administrator, was Sie wollen", fuhr er fort. „Ich hätte ebensogut auch Küchenchef auf dem Gute werden können. Vielleicht liegen meine Talente sogar eher auf diesem Gebiete. Daheim waren meine Fischpiroggen, meine Rahmpilze, meine Chasseursuppen mit Pastetchen in der ganzen Nachbarschaft berühmt. Damals gab es noch ein Leben. Aber hier –, dieses Land, diese Gegend – spielen Sie Karten, Doktor? Vielleicht Bac oder ein wenig Ecarté? Nichts? Schade. Diese Gegend, wissen Sie – eine große Einsamkeit, nichts weiter. Sie werden ja selbst sehen. Keinerlei Geselligkeit ist hier anzutreffen."

Er gab endlich meine Hand frei, zündete sich eine Zigarette an und blickte verträumt auf den abendlichen Himmel und den bleichen Mond, indes ich mich fröstelnd in die Wolldecke hüllte. Dann monologisierte er weiter:

„Gut. Meinetwegen diese Einsamkeit. Aber was das Leben hier betrifft, so ist das schon eher eine Strafe. Manchmal des Morgens, wenn ich in meine Kleider fahre, da sage ich mir: Du führst also dieses leere Leben, bist aber selbst daran schuld, hast es dir sogar gewünscht. Damals nämlich, als die Bolschewiki mich verhafteten – nicht einmal in meiner Sterbestunde werde ich erfahren, warum sie das taten –, damals also fürchtete ich für mein Leben, ja, ich zitterte sogar vor Angst und betete, auf den Knien liegend, zu Gott: Ich bin jung, hab Erbarmen mit mir, ich will leben. – ‚Hol dich der Teufel‘, sprach da Gott zu mir. ‚Du bist mir schon der rechte Märtyrer des Glaubens. Geh also und lebe!‘ – Nun habe ich also dieses Leben. Die anderen – auch sie haben gesündigt, das Böse in ihren Herzen gehäuft, sie haben gespielt und getrunken und Gold und Silber vertan, viel zu wenig geweint haben sie über ihre Sünden – heute aber sind sie sogar glücklich, sie leben wie die Bauern, wenn sie zur Grütze noch einen Selbstgebrannten haben, sind sie schon zufrieden, denken nicht nach. Ich hingegen, sehen Sie, denke sogar unaufhörlich über mich nach, da haben Sie, Doktor, meine Krankheit: Allzuviel denke ich nach. Sie sympathisieren doch nicht am Ende mit diesen Roten?“

Ich sagte, daß ich mich mit Politik überhaupt nicht befaßte. Er mußte aus meiner Antwort den Ärger und die Ungeduld herausgehört haben, denn er trat einen Schritt zurück, schlug sich an die Stirn und begann sich Vorwürfe zu machen.

„Da stehe ich und schwätze, politisiere sogar, und drüben im Haus liegt das kranke Kind – was werden Sie sich von mir denken, Doktor! Der Baron, mein Freund und Wohltäter, sagte zu mir: Arkadji Fjodorowitsch, fahren Sie dem Arzt entgegen, und wenn er nicht sehr ermüdet ist von der Reise, so bitten Sie ihn, die Fahrt zu unterbrechen und diesen Krankenbesuch zu machen. – Ein kleines Mädchen, hier im Försterhaus. Seit zwei Tagen schon fiebert es. Vielleicht ist es der Scharlach.“

Ich stieg aus dem Schlitten und folgte ihm ins Haus. Indessen spannte der Kutscher die Pferde aus, um ihnen Bewegung zu machen. Ein Jungfuchs, der angekettet in der Hundehütte lag, fuhr wütend heraus und jaulte uns an. Der Russe stieß mit dem Fuß nach ihm, drohte ihm mit der Faust und schrie:

„Schweig, du Teufelsbastard, du dreimal verdammter! Verschwinde in deinem Loch. Du kennst mich noch immer nicht, solltest mich aber kennen, oft genug schon hast du mich gesehen. Du taugst zu gar nichts, ganz umsonst frißt du hier dein Brot.“

Wir traten in das Haus. Durch einen schlecht erleuchteten Korridor gelangten wir in ein dunkles, ungeheiztes Zimmer, ich sah fast gar nichts und stieß mir das Schienbein an irgendeiner Stuhlkante wund. „Geradeaus, Doktor", sagte der Russe, aber ich blieb stehen und horchte auf das Geigenspiel, das aus dem Nachbarraum kam.

Es waren die ersten Takte einer Tartinisonate, und diese schwermütige Melodie, in der Gespenster irrlichtern, ergreift mich, sooft ich sie höre. Irgendeine Kindheitserinnerung ist für mich mit ihr verbunden. Ich bin in der väterlichen Wohnung, es ist Sonntag, alle sind fortgegangen, haben mich alleingelassen. Nun wird es dunkel, ganz still ist es, nur im Kamin weint leise der Wind, und ich habe Furcht, weil alles ringsum verzaubert ist, die große Kinderfurcht vor dem Alleinsein habe ich und vor dem morgigen Tag und vor dem Leben.

Ein kleiner, verängstigter Knabe, dem das Weinen nahe ist – so stand ich einen Augenblick lang da. Dann riß ich mich zusammen. – Wer spielt denn hier in diesem einsamen Haus den ersten Satz der Teufelstrillersonate? – fragte ich mich. Und der Russe, als hätte er meine Gedanken erraten, gab Antwort:

„Das ist dieser Federico. Ich dachte es mir, daß ich ihn hier treffen werde. Seit frühmorgens war er nicht zu sehen. Hier ist er also und geigt, statt daheim die französische Lektion zu lernen. – Kommen Sie, Doktor!"

Das Geigenspiel brach ab, als wir in die Kammer traten. Eine Frau mittleren Alters, mit bleichen Wangen und schlaffen, übernächtigen Zügen erhob sich vom Fußende des Bettes und sah mich aus ängstlichen und erwartungsvollen Augen an. Das abgedämpfte Licht einer Petroleumlampe fiel auf die Steppdecke und die Kissen und auf das schmale Gesicht der kleinen Patientin, die dreizehn oder vierzehn Jahre alt sein mochte. Ein Christus aus geschwärztem Eichenholz breitete über dem Bett seine Arme aus. Der Knabe, der die Teufelstrillersonate gespielt hatte, saß regungslos im Dunkeln auf dem Fensterbrett, und die Geige ruhte auf seinen Knien.

„Nun?" fragte der Russe, als ich die Untersuchung beendet hatte.

„Sie haben ganz recht, es ist Scharlach", sagte ich. „Ich

werde beim Ortsvorsteher die Infektionsanzeige erstatten."

„Der Baron ist der Ortsvorsteher, und ich führe seine Agenden", meinte der Russe. „Ich werde also das Formular ausfüllen und schicke es Ihnen morgen zur Unterschrift."

Während ich mir die Hände wusch, gab ich der Frau die notwendigen Verhaltungsmaßregeln für die Nacht. Sie wiederholte mit einer Stimme, aus der Angst und Aufregung klang, jede meiner Anordnungen, um mir zu zeigen, daß sie nichts vergessen werde, und dabei ließ sie das Kind nicht eine Sekunde lang aus den Augen. Indessen wandte sich der Russe an den Knaben, der noch immer regungslos auf dem Fensterbrett kauerte.

„Da sehen Sie es nun, Federico, in welche Verlegenheiten Sie mich bringen. Es ist Ihnen verboten, hierher zu kommen, Sie aber kehren sich nicht daran, alle Tage sind Sie hier anzutreffen, wie vom Wind gejagt eilen Sie hierher. Jetzt befinden Sie sich also in einem Krankenzimmer, haben vielleicht sogar schon den Scharlach in sich, das sind die Folgen Ihres Ungehorsams. Was soll ich tun? Ich werde es Ihrem Vater sagen müssen, daß ich Sie hier gefunden habe."

„Sie werden schweigen, Arkadji Fjodorowitsch", kam die Stimme des Knaben aus dem Dunkel. „Ich weiß, daß Sie schweigen werden".

„Ach, Sie wissen es? Ganz genau wissen Sie es? Vielleicht drohen Sie mir sogar? Womit, Federico, wollen Sie mir drohen? Ganz im Ernst rede ich jetzt zu Ihnen. Was bedeuten diese Worte? Geben Sie Antwort!"

Der Knabe schwieg, und dieses Schweigen schien den Russen zu beunruhigen. Er machte einen Schritt vorwärts und fuhr fort:

„Wie ein Uhu in dunkler Nacht, so sitzen Sie drohend da und schweigen. Glauben Sie etwa, ich fürchte mich ... Wovor, frage ich Sie, sollte ich mich fürchten? Gut, ich habe öfter einmal ein Spielchen mit Ihnen gemacht, aber nicht zu meinem Vergnügen tat ich es, sondern nur, um Sie zu zerstreuen. Und was die Papierchen betrifft, die Sie unterschrieben haben – "

„Ich spreche nicht vom Trente et Quarante", sagte der

Knabe mit einem leisen Klang von Hochmut und Unwillen in seiner Stimme. „Ich habe Ihnen auch nicht gedroht. Sie werden schweigen, Arkadji Fjodorowitsch, einfach deswegen, weil Sie ein Gentleman sind."

„So also meinen Sie das", sagte der Russe nach einer Minute des Nachdenkens. „Gut, nehmen wir also an, daß ich Ihnen zuliebe noch dieses eine Mal als Gentleman schweigen werde, so ist es aber doch schon sicher, daß Sie morgen wieder hierherkommen werden."

„Das ist allerdings sicher", erwiderte der Knabe. „Ich werde morgen und alle Tage kommen."

Das kleine Mädchen zog die Hand unter der Bettdecke hervor und fragte, ohne die Augen zu öffnen, mit leiser Stimme:

„Federico! Bist du noch da, Federico?"

Der Knabe glitt lautlos vom Fensterbrett herab.

„Ja, ich bin noch da, Elsie, ich bin bei dir. Auch der Doktor ist da. Du wirst sehr bald gesund sein und aufstehen können."

Der Russe schien indessen zu einem Entschluß gekommen zu sein.

„Es ist ganz unmöglich", sagte er. „Ich kann es nicht zulassen, daß Sie diese Besuche fortsetzen. Ich kann Ihrem Vater gegenüber die Verantwortung nicht tragen . . ."

Mit einer Handbewegung schnitt ihm der Knabe das Wort ab.

„Sie haben keine Verantwortung, Arkadji Fjodorowitsch. Ich übernehme selbst die volle Verantwortung. Sie wissen von nichts, Sie haben mich niemals hier gesehen."

Bis zu diesem Augenblick hatte mich die Art, wie der Russe mit dem halbwüchsigen Jungen verhandelte, mehr belustigt als geärgert. Jetzt aber schien es mir an der Zeit, selbst einzugreifen.

„Junger Herr", sagte ich, „so einfach ist die Sache nicht. Ich habe als Arzt auch ein Wort mitzureden. Sie sind durch den Aufenthalt in diesem Zimmer zum Träger der Krankheitskeime geworden. Sie bilden eine Gefahr für alle Menschen, mit denen Sie in Berührung kommen. Ist Ihnen das klar?"

Der Knabe gab keine Antwort. Er stand im Dunkeln, und ich fühlte seinen Blick.

„Sie werden also", fuhr ich fort, „zwei Wochen lang isoliert und unter Beobachtung bleiben. Dafür werde ich sorgen. Selbstverständlich muß ich Ihren Vater davon in Kenntnis setzen."

„Ist das Ihr Ernst?" fragte er, und ich stellte mit Genugtuung fest, daß seine Stimme verändert klang, sie hatte etwas von ihrer Sicherheit verloren.

„Gewiß", gab ich zur Antwort. „Ich bin müde und abgespannt und zu Scherzen gar nicht gelaunt."

„Nein, Sie dürfen es meinem Vater nicht sagen", bat er leise und eindringlich. „Um alles in der Welt, sagen Sie es ihm nicht, daß Sie mich hier getroffen haben."

„Es bleibt mir leider keine andere Wahl", erklärte ich so gleichgültig wie möglich. „Ich glaube, wir können jetzt gehen, für heute habe ich hier nichts mehr zu tun. Im übrigen: Sehr mutig scheinen Sie mir nicht zu sein, junger Herr. Als ich so alt war wie Sie, habe ich einer Strafe, wenn ich sie verdient habe, mit etwas mehr Courage entgegengesehen."

Eine Weile war Stille im Zimmer, ich hörte nichts als die raschen Atemzüge des fiebernden Kindes und das Knistern der Petroleumlampe.

„Arkadji Fjodorowitsch", sagte plötzlich der Knabe. „Sie sind mein Freund. Warum helfen Sie mir nicht? Sie stehen da und lassen es zu, daß man mich beleidigt."

„Sie hätten das nicht sagen sollen, Doktor", meinte der Russe. „Wirklich, das hätten Sie nicht sagen sollen. Er ist, wissen Sie, wahrhaftig in einer schweren Lage. Wir sollten eher bemüht sein, ihm zu helfen. Glauben Sie nicht, daß es genügen würde, wenn wir zu Hause seine Kleider und seine Wäsche sogleich desinfizieren?"

„Das würde vielleicht sogar genügen", gab ich zu. „Aber Sie haben ja selbst gehört, daß der junge Herr die Absicht hat, morgen und alle Tage wieder hierherzukommen."

Der Knabe stand an das Fensterbrett gelehnt und sah mich an.

„Und wenn ich Ihnen verspreche, daß ich nicht mehr herkomme?"

„Ändern Sie Ihre Entschlüsse immer so rasch?" fragte ich. „Wer bürgt mir dafür, daß Sie Ihr Versprechen halten?"

Wiederum war Stille im Zimmer, und dann sagte der Russe:

„Sie dürfen Federico nicht unrecht tun, Doktor. Sie sprechen so, weil Sie ihn nicht kennen, ich aber kenne ihn, ganz genau kenne ich ihn sogar. Wenn er sein Wort gibt, so hält er es – dafür stehe ich ein."

„Schön. Er wird mir also sein Wort geben –"

„Ihnen, Arkadji Fjodorowitsch", unterbrach mich der Knabe, „nur Ihnen, der Sie mein Freund und ein Gentleman sind, gebe ich mein Wort. Ich werde in dieses Haus nicht kommen, solange Elsie krank ist. Genügt das?"

Die Frage war an den Russen gerichtet, aber ich gab die Antwort:

„Es genügt."

Geräuschlos wie ein Schatten kam jetzt der Knabe näher.

„Elsie! Hörst du mich, Elsie? Ich werde nicht mehr herkommen, du hast es gehört, ich habe mein Wort gegeben. Ich mußte es tun. Du weißt, wenn der Vater erfährt, daß ich bei dir gewesen bin, so schickt er dich fort von hier, weit fort, vielleicht sogar in die Stadt zu fremden Leuten. Darum ist es besser, ich komme nicht. Hörst du mich, Elsie?"

„Sie hört Sie nicht, junger Herr, sie schläft", flüsterte die Frau.

Sie nahm die Lampe und stellte sie auf den Tisch. Der Knabe stand plötzlich in ihrem Lichtschein, und jetzt, in diesem Augenblick erst, sah ich sein Gesicht.

Meine erste Empfindung war die eines Schocks. Wenn irgend jemand, wenn der Russe etwa jetzt eine Frage an mich gerichtet hätte, ich wäre nicht imstande gewesen, ein Wort hervorzubringen.

Ich fühlte einen Druck in der Herzgegend, das Thermometer fiel mir aus der Hand, meine Knie zitterten, instinktiv suchte ich Halt an der Lehne eines Stuhls.

Dann, als ich aus der Verwirrung der ersten Sekunden zu ruhigerem Nachdenken kam, sagte ich mir, daß das, was ich sah, nicht wirklich sein konnte. Eine Sinnestäuschung, meine Nerven waren irritiert, mein Erinnerungsvermögen hatte mir einen Streich gespielt. Das Gesicht dieses Knaben war durch ein anderes Bild verdeckt, durch ein Bild, das mich schon den ganzen Tag über verfolgt hatte. Eine lästige Zwangsvorstellung, die sogleich verschwinden mußte.

Der Knabe bückte sich, er hob das Thermometer auf und reichte es mir. Und nun, da ich zum zweiten Mal in dieses Gesicht sah – und ich sah es jetzt in anderer Beleuchtung und mir zugewendet –, nun wurde es mir klar, daß es keine Täuschung meiner Sinne war. Dieser Knabe trug auf unerklärliche Weise die Züge jenes gotischen Marmorreliefs, das ich ein paar Stunden vorher in Osnabrück zwischen anderem uraltem Kram hinter dem Schaufenster eines Antiquitätenhändlers gesehen hatte.

Es war nicht so sehr die äußerliche Ähnlichkeit, die mich gefangennahm, als der Ausdruck des Gesichtes, der hier wie dort der gleiche war. Ich fand jenes unverständliche Nebeneinander von zügelloser Gewalttätigkeit und hoheitsvoller Anmut wieder, das mich an dem Marmorbild in Erstaunen versetzt hatte. Nase und Kinn waren freilich anders: weniger stark ausgeprägt und weicher geformt. Der Mensch, der diese Züge trug, war, so schien es mir, zugleich der wildesten und der zartesten Regungen fähig. Neu für mich in diesem Gesicht und überraschend waren die Augen: große, blaue, von Silberreflexen überstrahlte Augen, die wie Irisblumen waren.

Von dem Marmorbild im Schaufenster hatte ich mich mit einem plötzlichen Entschluß loszureißen vermocht, hier aber stand ich wie gebannt und starrte in dieses Gesicht und in diese Augen. Es war vielleicht lächerlich, wie ich mich benahm, aber weder der Knabe noch der Gutsverwalter schienen zu merken, was in mir vorging. Der Russe unterdrückte ein Gähnen und fragte:

„Sind Sie fertig, Doktor? Wollen wir gehen?"

Dann wandte er sich, ohne meine Antwort abzuwarten, an Federico:

„Draußen steht der Schlitten. Der große Schlitten. Platz ist darin für mehr noch als für drei. Sie werden also, Federico, mit uns fahren."

„Danke", sagte der Knabe. „Ich gehe lieber zu Fuß. Ich kenne einen kürzeren Weg."

„Allzugut kennen Sie diesen Weg. Allzugut", spottete der Russe. „Ich habe keine Furcht, daß Sie ihn verfehlen werden."

Der Knabe erwiderte nichts. Mit dem Geigenkasten unter dem Arm trat er an das Bett, noch einmal streifte sein Blick das schlafende Kind. Dann nahm er Mantel und Mütze, und mit einem Kopfnicken ging er an mir vorüber und hinaus.

„Sie haben ihn beleidigt, Doktor", sagte der Russe, als sich der Schlitten in Bewegung setzte. „Absichtlich taten Sie das, ich sah wohl, wie Ihre Augen funkelten. Sie haben sich ihn zum Feind gemacht. Es ist aber nicht gut, Federico zum Feind zu haben."

Wir hatten den Wald verlassen und fuhren durch die Dunkelheit über die verschneiten Felder, und der Wind sang auf den Telegraphendrähten seine traurigen Melodien.

„Wer ist der Vater dieses Federico?" fragte ich.

„Sein Vater? Sein eigentlicher Vater ist ein kleiner Handwerker, der irgendwo in Oberitalien lebt. Aus einem sehr armseligen Leben kommt Federico. Aber der Baron hat ihn an Kindes Statt angenommen, und er liebt ihn vielleicht sogar noch mehr als sein eigenes Kind."

„Der Baron hat also auch ein eigenes Kind?"

„Ja", erwiderte der Russe ein wenig erstaunt, „Ihre kleine Patientin, Doktor. Das Kind im Försterhaus. Habe ich Ihnen nicht gesagt, daß Sie dem Töchterchen des Barons einen Krankenbesuch machen?"

„Nein, das haben Sie mir nicht gesagt. Und warum überläßt er sein eigenes Kind der Pflege fremder Menschen?"

Ich wurde mir sogleich bewußt, daß ich nicht berechtigt war, eine solche Frage zu stellen, und setzte hinzu:

„Verzeihen Sie, ich frage nicht aus Neugierde, sondern als Arzt."

Der Russe holte aus der Tasche seines Pelzrockes eine Streichholzschachtel hervor und versuchte, seine Zigarette in Brand zu setzen. Es dauerte einige Zeit, ehe ihm das gelang. Dann gab er mir die Antwort:

„Vielleicht ist für die Gesundheit des Kindes die Waldluft sogar besser. Dort im Dorf ist immer Nebel, immer Nebel. Den ganzen Herbst, den ganzen Winter. – Sehen Sie?"

Er wies mit der Hand, die die Zigarette hielt, auf die verstreuten Lichter des Dorfes, die hinter einem dichten, milchweißen Schleier hervorzuschimmern schienen.

„Vom Moor und von den feuchten Wiesen kommt er, schleicht sich ins Dorf. Immer ist er da, Tag für Tag, Nacht für Nacht. Er ist noch schlimmer als die Einsamkeit, er weckt die trüben Gedanken, macht die Seelen krank. – Vielleicht sollten Sie doch ein Kartenspiel lernen, Doktor."

Sechstes Kapitel

Das Haus, in dem ich einquartiert worden war, gehörte dem Dorfschneider, einem langen, mageren Menschen mit entzündeten Augen und trägen Bewegungen. Er hatte in Osnabrück bei den Dragonern gedient, den Weltkrieg als Unteroffizier mitgemacht, beim Vormarsch auf Warschau war er verwundet worden. Er war zum zweiten Mal verheiratet. Seine erste Frau war „an einem Brustübel" gestorben, seine zweite hatte ihm außer einigem Geld auch das Haus in die Ehe gebracht. Das alles erzählte er mir am ersten Abend, langsam und umständlich, während er mir beim Auspacken meiner Instrumente behilflich war. Später bekam ich ihn nur selten zu Gesicht, er hielt sich fast immer in seiner Werkstatt auf. Von meinem Schlafzimmer aus hörte ich ihn manchmal im Hof das Brennholz zerkleinern.

Seine Frau sah ich täglich, sie hielt meine Wohnung und meine Kleider in Ordnung und wusch meine Wäsche. Anfangs bereitete sie mir auch die Mahlzeiten, später zog ich es vor, mir das Essen aus dem Gasthaus kommen zu lassen. Sie war fleißig, arbeitete geräuschlos und sprach nicht viel. Am Sonntag trug sie einen schwarzen Rock mit gelben Säumen, gelbseidene Bänder an der Schürze und ein blaues Brusttuch – eine Tracht, der ich im Dorfe sonst nirgends und in der Umgebung nur ein einziges Mal begegnete.

Meine Wohnung bestand aus drei Zimmern, gegen deren altmodische Einrichtung ich vom ersten Augenblick an einen heftigen Widerwillen empfand. Ich war mir im klaren darüber, daß ich das Leben zwischen diesen Zier- und Möbelstücken, die entweder unnütz oder unbequem waren, nicht lange würde ertragen können. Heute denke ich etwas nachsichtiger, sogar mit einer Art von Rührung an mein Arbeitszimmer mit seinen ge-

rahmten Heliogravuren, dem Hirschgeweih, den beiden
mit Kissen beladenen Korbsesseln und der wassertragen-
den Frauenfigur auf dem Kaminsims und an die armen,
verstaubten, künstlichen Blumen in meinem Schlafzimmer. Sie waren Zeugen eines grenzenlosen Glücks, und
ich werde sie niemals wiedersehen.

Der erste Besucher, der sich in einem der beiden
Korbsessel niederließ, war der Schullehrer.

Ich hatte ihn schon von meinem Fenster aus beobachtet, wie er unschlüssig vor dem Haustor auf- und nieder-
ging, mehrmals hatte er Miene gemacht einzutreten, sich
aber dann doch wieder entfernt. Jetzt kam er, während
ich gerade vor dem Spiegel stand und mich rasierte. Er
hatte ein mageres, faltiges Gesicht, das schüttere Haar
trug er lang und auf genialisch hin frisiert, seine Klei-
dung zeigte eine sicherlich gewollte Unordnung, die
wohl bedeuten sollte, daß er erhaben über Äußerlichkei-
ten sei, und es gelang ihm tatsächlich, so auszusehen,
wie man sich etwa einen reisenden Vortragskünstler vor-
stellt.

Er kam nicht als Patient, sondern, wie er mir sogleich
mitteilte, aus gesundem Mißtrauen gegen seine lieben
Mitmenschen. Er habe es sich, sagte er, zur Gewohnheit
gemacht, seine Eindrücke niemals aus zweiter Hand zu
beziehen, sondern sie sich persönlich zu verschaffen. Er
lasse sich nicht durch andere beeinflussen. Denn die
Haupttätigkeit dieser „anderen" bestehe hier und wohl
auch anderwärts darin, daß sie versuchten, Menschen
auseinanderzubringen, die gewissermaßen aufeinander
angewiesen seien und – hier machte er eine kurze Pause
– einander vielleicht sogar etwas bedeuten könnten.

Von seinem Korbsessel aus blickte er nachdenklich in
das Kaminfeuer, indes das Schneewasser von seinen
Zugstiefeletten niedertropfte und sich auf dem Fußboden zu kleinen Binnenseen und Kanälen vereinigte.

Er gelte hier in gewissen Kreisen als ein wenig um-
gänglicher Charakter, vor allem in den höheren Regio-
nen habe er sich unbeliebt gemacht – fuhr er fort, und
dabei wies er mit einer unbestimmten Handbewegung
gegen den oberen Rand des Fensters hin. – Aber diese
Unbeliebtheit nehme er gerne in Kauf. Sie komme von

seinem Hang zur Aufrichtigkeit, von seinem Prinzip, immer die Wahrheit, nichts als die Wahrheit zu sagen. Er nehme sich kein Blatt vor den Mund, nenne die Dinge beim rechten Namen – in dieser Hinsicht mache er keine Konzessionen, auch nach oben hin nicht. Freilich, gewissen Leuten sei dieser Mut zur Wahrheit unbequem, besonders denen, die etwas zu verbergen hätten, aber darauf könne er, der Schullehrer, keine Rücksicht nehmen. –

Dann wechselte er das Gesprächsthema.

„Die Gegend ist recht ungesund", meinte er. „Auch was die Hygiene betrifft, sind wir in allem im Rückstand, es herrscht hier eben ein fortschrittfeindliches Regime. Arbeit werden Sie also genug vorfinden. Ihr Vorgänger hätte sich, in den letzten Jahren wenigstens, gerne etwas mehr Ruhe gegönnt, es war ihm aber nicht bestimmt. Zweiundsiebzig Jahre war er alt, als er starb. Ich kann wohl sagen, daß ich in diesem Haus wahre Freundschaft gefunden habe. Der Verstorbene und ich, wir verstanden uns in allem und jedem. Wieviele Abende habe ich in diesem Zimmer verbracht, in vertraulichem Gespräch, bei Butterbrot und einer Flasche Bier."

Er wies auf eine der Heliogravuren, die einen Shakespeareschen König auf seinem Thronsessel darstellte. Zwei schutzflehende Frauen warfen sich zu seinen Füßen nieder, und im Hintergrund stand eine exotische Gesandtschaft mit Reitpferden und Kamelen.

„Mein letztes Weihnachtsgeschenk", sagte er. „Es hat dem alten Herrn viel Freude gemacht, er hielt es in Ehren. Jetzt gehört es der Gemeinde wie alles andere, sie hat die ganze Verlassenschaft im Versteigerungswege an sich gebracht. Dabei ist es natürlich auch nicht ganz mit rechten Dingen zugegangen, da haben verschiedene Leute hintenherum ein schönes Stück Geld verdient, sie sollen sich aber nur nicht allzuviel auf ihre Klugheit einbilden. Man kennt die Brüder, und das letzte Wort in der Sache ist noch nicht gesprochen."

Er saß eine Weile schweigend und in Betrachtung des Bildes versunken. Als ich ihm sagte, daß ich jetzt dem Gutsherrn einen Besuch machen wolle, erbot er sich sogleich, mich zu begleiten und mir den Weg zu zeigen.

Den hätte ich sicherlich auch allein nicht verfehlen können. Von der Dorfstraße aus sah ich in einiger Entfernung ein großes, zweistöckiges Gebäude aus rötlichem
Sandstein mit blauem Schieferdach hinter einer Gruppe
entlaubter und mit Schnee beladener Buchen.

Im Gehen kamen wir auf meinen Hauswirt und seine
erste Frau zu sprechen.

„Was hat er Ihnen da gesagt?" rief der Schullehrer.
„Daß sie gestorben ist? An einem Brustübel? Da leg sich
einer lang nieder! Sie lebt, nur daß sie ihm durchgegan-
gen ist, die Gute, jawohl, mit dem Agenten einer Dünge-
mittelfabrik, einfach nachgefahren ist sie dem Menschen. Tot? Sagte er das, wie? Vor Gott hingetreten? Da
haben Sie es. Sie ist so gesund wie Sie oder ich, da leg
ich meinen Kopf unter das Beil."

Ich sagte ihm, daß er um meinetwillen seinen Kopf
nicht in eine so unbequeme Lage bringen müsse, denn
für mich sei es ganz gleichgültig, ob die Frau noch am
Leben sei oder nicht. Er aber hatte sich in einen eifervol-
len Zorn hineingeredet und bestand nun darauf, mir alles zu sagen.

„Und seine Jetzige, die betrügt ihn auch, nur daß sie
ihre Liebhaber hier im Dorf hat. Zuerst hat sie's mit dem
Hufschmied seinem Ältesten gehalten, jetzt ist der Jüngere an der Reihe. Dafür stiehlt ihr der Schneider das
Geld aus dem Kasten und legt's in Branntwein an. Faul,
alles faul! Sogar die Butter, die noch in der Milch steckt,
ist bei den Leuten ranzig."

Im Park, neben dem Ziehbrunnen, vor dem kleinen
Rasenplatz, auf dem die Rosenstöcke in ihren Strohhüllen standen, verabschiedete er sich.

„Sie sind zu leichtgläubig", sagte er in einem Ton
leichter Mißbilligung. „Man wird es bald heraushaben,
daß man Sie an allen Ecken und Enden betrügen kann.
Wenn Sie über irgendeinen hier im Ort die Wahrheit erfahren wollen, dann fragen Sie nur mich. Ich kenne sie,
Gott sei's geklagt, alle."

Dann ging er durch den verschneiten Park den Weg
zurück, den wir gekommen waren, und im Gehen schlug
er mit seinem Spazierstock nach den roten Beeren des
Stechginsters. Der Wind blähte seinen dünnen Mantel

auf, es sah aus, als trüge er sein ganzes armseliges Wissen über die Menschen dieses Dorfes in einem großen braunen Sack auf seinem gekrümmten Rücken. Vor dem Gittertor wendete er sich noch einmal nach mir um und schwenkte mit einer weitausholenden Gebärde seinen grünen Filzhut.

Siebentes Kapitel

Der Freiherr von Malchin empfing mich in seinem Arbeitszimmer, einem großen, niederen, mit Eichenholz getäfelten Raum, dessen Fenster auf eine Terrasse und auf den Park hinausgingen. Dichte Wolken von Zigarrenrauch schwebten über dem Schreibtisch, hingen an den Bücherregalen und stiegen zerfließend zu den wurmstichigen Querbalken empor, die die Decke trugen. An den Wänden war eine Sammlung alter Hieb- und Stichwaffen untergebracht. Es gab ehrwürdige und seltene Stücke darunter, ich sah einen Fausthammer aus dem sechzehnten Jahrhundert, eine polnische Streitaxt, deren Stiel mit Lederriemen umwickelt war, eine Schweizer Partisane, einen spanischen Daumringdolch, einen Jagdspeer aus dem sechzehnten und einen Streitkolben aus dem fünfzehnten Jahrhundert, einen gewaltigen Zweihänder und ein venetianisches Schwert von der Art, die man Schiavona nennt. Und während meine Augen bewundernd an dem Zweihänder, der mir von sarazenischer Herkunft zu sein schien, hingen, erstattete ich dem Gutsherrn Bericht über das Befinden seiner Tochter.

Er hörte mich aufmerksam an. Aus ein paar kurzen Zwischenbemerkungen entnahm ich, daß er das Kind schon sehr zeitig morgens besucht hatte und daß die Förstersfrau eine erfahrene Krankenpflegerin war, sie hatte zwei eigene, von Geburt aus kränkliche Kinder großgezogen.

„Meine kleine Elsie ist in guten Händen", sagte er. „Und jetzt, da Sie da sind, bin ich völlig ruhig."

Von der kleinen Elsie war bei diesem Besuch nicht weiter mehr die Rede. Der Baron brachte das Gespräch sogleich auf meinen Vater.

Wenn ich mir das Bild meines Vaters ins Gedächtnis

rufe, so erscheint er mir zumeist mit seiner Arbeit beschäftigt. Eine klare Vorstellung von dem Sinn dieser
Arbeit besaß ich nur in jenen frühen Jahren, in denen
ich zu denken und meine Umgebung zu beobachten begann. Damals bestand für mich kein Zweifel, daß die eng
und zierlich beschriebenen Blätter, die auf seinem
Schreibtisch lagen, Zauberformeln und Gebete enthiel-
ten, die das Haus vor Dieben bewahrten. Ich bewun-
derte meinen Vater, und seine Arbeit erregte in mir
Scheu und Neugierde zugleich. Später erfuhr ich von
unserer Haushälterin, daß mein Vater „geschichtliche
Werke" schrieb, daß ich ihn dabei nicht stören dürfe und
daß diese Werke nichts mit den See- und Abenteurerge-
schichten zu tun hätten, die ich in den Leihbibliotheken,
in den Händen meiner Schulkameraden oder zu Weih-
nachten auf meinem Geschenktisch fand. Damit erlosch
für lange Zeit mein Interesse an der Arbeit meines Vaters.

Aus den letzten Jahren seines Lebens bewahre ich
deutliche Erinnerungen. Ich sehe ihn grübelnd und mit
gesenktem Kopf im Zimmer auf- und niedergehen, ich
sehe ihn, wie er die Rechnungszettel unserer alten Haushälterin überprüft, sein Gesicht war immer bleich und
ein wenig müde, manchmal seufzte er, und aus seinen
Stirnfalten hätte ich die Sorgen herauslesen können, von
denen er oftmals sprach, und vielleicht auch Kummer
und mancherlei Enttäuschung. Als einen sehr verein-
samten Mann, der nur noch für mich und für seine Arbeit
lebte, so habe ich meinen Vater in Erinnerung.

Aber mit dieser Erinnerung deckte sich das Bild, das
der Baron von meinem Vater entwarf, in keiner Weise.
Vielleicht war es ein Jugendbildnis, das hier vor meinen
Augen erstand, das frühe Bildnis eines Menschen, den
ich nur in seinem Abstieg gekannt hatte. Als ein Mann
von hinreißendem Welt- und Lebensgefühl, der die
Frauen eroberte und die Männer bezauberte, als ein
Freund der Jagd und schwerer Weine, als ein Weltmann,
der bald hier, bald dort auf den adeligen Schlössern ein
ungeduldig erwarteter und mit Freude begrüßter Gast
war, als ein Verschwender seiner selbst, der bei einer
Flasche Wein und einer Zigarre kostbare Ideen ver-

streute und verschenkte – so lebte im Gedächtnis des Freiherrn von Malchin mein Vater, dessen letzte, müde Jahre ich gesehen hatte.

„Das ist erstaunlich", sagte ich leise und in Gedanken.

„Ja. Er war ein Mensch von erstaunlichen Gaben", erklärte der Baron. „Eine wahrhaft große Persönlichkeit. Ich denke oft an ihn. Was gäbe ich darum, wenn ich noch einmal mit ihm sprechen und ihm danken könnte."

„Ihm danken?" fragte ich verwundert. „Wofür?"

Aus einer Wolke von Zigarrenrauch kam eine Antwort, die ich nicht erwartet hatte.

„Ich habe ihm für mehr zu danken, als er selbst ahnte. Er starb zu früh. Aus einem Gedanken, den er lässig hinwarf, ist die Arbeit meines Lebens geworden."

„Sie beschäftigen sich also mit der mittelalterlichen Geschichte Deutschlands?" fragte ich.

Der Baron streifte mich mit einem Blick. Sein schmales, scharf geschnittenes Gesicht verlor den verbindlichen Ausdruck, es wurde hart, leidenschaftlich und fanatisch.

„Meine geschichtlichen Forschungen sind abgeschlossen", sagte er. „Augenblicklich arbeite ich auf naturwissenschaftlichem Gebiet."

Wiederum sah er mich prüfend an. Vielleicht suchte er in meinem Gesicht die ihm vertrauten Züge meines Vaters. Ich schwieg und betrachtete die mittelalterlichen Waffen, die an der Wand hingen.

„Sie scheinen sich für meine kleine Sammlung zu interessieren", meinte er, und sein Gesicht zeigte wieder den verbindlichen und ein wenig unpersönlichen Ausdruck von früher, „der Zweihänder dort sticht Ihnen ins Auge – wie?"

Ich nickte.

„Sarazenische Arbeit, Ende des zwölften Jahrhunderts – nicht wahr?"

„Jawohl. Ich besitze noch ein zweites Stück aus der gleichen Werkstatt, ein Panzerhemd. Der Name des Schwertes ist in die Klinge eingestochen. ‚Al Rosub' heißt es, ‚der Tiefeinschneidende'. Diese Waffe hat die Kämpfe des zweiten Kreuzzuges gesehen, ihr letzter

Träger ist bei Benevent gefallen zugleich mit seinem Herrn, dem Kaisersohn Manfred."

Er deutete auf ein kurzes, säbelförmig gekrümmtes Schwert, das unter der Sarazenerklinge hing.

„Und das dort? Kennen Sie das?"

„Diese Art Waffe", gab ich zur Antwort, „hieß in Frankreich ‚Braquemart‘, in Deutschland ‚Malchus‘. Ihre Form ist uralt. Die Jagdmesser, mit denen die römischen Gladiatoren bewaffnet waren, sahen ähnlich aus."

„Ausgezeichnet!" rief der Baron. „Sie sind Kenner, das sehe ich schon. Sie müssen öfters zu mir kommen, Doktor, sooft, als es Ihre Zeit erlaubt. Nein, wirklich, Doktor, das müssen Sie mir versprechen. Die Abende sind lang, und viel Gesellschaft werden Sie ohnehin hier im Ort nicht finden."

Er stand auf und holte eine Flasche Whisky und Gläser. Im Zimmer auf- und abgehend, zählte er mir die Personen auf, die seiner Meinung nach als Umgang für mich in Betracht kamen.

„Da ist einmal mein alter, lieber Freund, der Pfarrer. Er hat mich konfirmiert. Sie werden erstaunt sein, Doktor, über die Fülle des Wissens, die Sie bei diesem einfachen Landgeistlichen vorfinden. Ein grundgütiger und liebenswerter Mensch. Nur, wissen Sie – Sie sollen mich nicht mißverstehen, Doktor! Die letzten Jahre haben ihn ein wenig müde gemacht. Die Unterhaltung mit ihm hat nicht mehr ganz den alten Zauber. Noch einen Whisky, Doktor! Auf einem Bein ist nicht gut stehen. Er betrachtet die Dinge dieser Welt mit einer Nachsicht, die von vielen falsch gedeutet wird. Es ist nicht Einfalt, o nein, es ist vielleicht nur Resignation. Mein alter Freund trägt schwer an seinen Jahren."

Er warf den Rest seiner Zigarre weg und fuhr fort:

„Meinen Gutsverwalter, den Fürsten Praxatin, kennen Sie schon, wie? Sie können von ihm jede Sorte von Kartenspiel und die spezifisch russische Art der Weltbetrachtung lernen. Nebenbei gesagt ist er der Letzte aus dem Hause Rurik. Jawohl, die Praxatins stammen von den Ruriks ab. Wäre nicht Ungerechtigkeit der Regent der Welt, so säße er heute auf dem Thron der Zaren."

„Oder er läge erschossen in einem der Bleibergwerke des Urals", warf ich ein.

Der Freiherr von Malchin blieb hart vor mir stehen und sah mir kampflustig ins Gesicht.

„Meinen Sie? Ich gestatte mir, eine andere Anschauung zu vertreten. Vergessen Sie nicht, daß die Holstein-Gottorps Fremde im Lande gewesen sind, und sie blieben Fremde, auch als sie sich den Namen Romanow beilegten. Unter seinem legitimen Herrscherhaus hätte das russische Volk andere Wege der Entwicklung eingeschlagen."

Er nahm seinen Rundgang durch das Zimmer wieder auf.

„Meine Assistentin werden Sie erst in acht Tagen kennenlernen. Ich habe sie gestern mit meinem Wagen nach Berlin geschickt. Wir brauchen einen leistungsfähigeren Hochdrucksterilisator."

„Für landwirtschaftliche Zwecke?" fragte ich – aber diese Frage war eine bloße Höflichkeit, es war mir gar nicht wichtig, zu erfahren, wozu auf dem Gute des Freiherrn von Malchin ein Hochdrucksterilisator benötigt wurde.

„Nein", gab der Baron zur Antwort. „Nicht für landwirtschaftliche Zwecke. Ich befasse mich mit einem ganz bestimmten naturwissenschaftlichen Problem – das habe ich Ihnen ja schon gesagt. Die junge Dame, die mich bei dieser Arbeit berät und unterstützt, ist Bakteriologin und Doktorin der Chemie."

Ich hatte dem Baron nur mit geringem Interesse zugehört, es war mir gleichgültig, ob er sich mit naturwissenschaftlichen oder mit anderen Problemen befaßte, aber bei seinen letzten Worten, da durchzuckte es mich, die Ahnung eines Zusammenhangs stieg in mir auf, zugleich mit einem jähen Glücksgefühl und Angst vor Enttäuschung – ich wagte es nicht, an das Unmögliche zu glauben. – Bakteriologin – Bibiche – Doktorin der Chemie – der Baron hat seine Assistentin gestern nach Berlin geschickt – gestern, auf dem Bahnhofplatz von Osnabrück hab ich Bibiche gesehen – in acht Tagen kommt sie zurück – aber es ist ja nicht möglich, daß sie hier lebt, hier in meiner Nähe, daß ich sie täglich sehen kann – nein, solche Wunder geschehen nicht, es ist ein Traum, der Traum einer kurzen Sekunde – in seinem Wagen hat er sie nach Berlin – vielleicht in einem grünen Cadillac – ich muß ihn fragen, sogleich muß ich ihn fragen –.

Aber der Baron war zu seinem früheren Gesprächsthema zurückgekehrt.

„Ja und dann wäre noch der Schullehrer da. Über den möchte ich nicht gerne sprechen, ich will Ihrem Urteil nicht vorgreifen. Oder haben Sie am Ende seine Bekanntschaft schon gemacht? Ja? Nun, dann wissen Sie ja ohnehin alles. Er nennt sich einen freien Geist – ach, du lieber Gott! Was ist das für eine Freiheit! Er hat die böseste Zunge im ganzen Ort, das ist alles, an keinem Menschen läßt er ein gutes Haar, überall wittert er Intrigen – aber er durchschaut die Menschen, wie? Ihm kann man nichts vormachen. Mich hält er, ich weiß nicht warum, für seinen geschworenen Feind – hélas, ich kann's nicht ändern. Dabei ist er im Grunde harmlos. Man kennt ihn hier und läßt ihn reden."

Ich war wieder vollkommen ruhig geworden. Ich hatte nachgedacht. Es war nicht möglich, daß Bibiche hier in diesem Dorf lebte. Sie war verwöhnt, umworben, sie brauchte Luxus und den Komfort der Großstadt, sie konnte ohne ihn nicht leben. Was für ein lächerlicher Gedanke, Bibiche hier zu suchen, zwischen diesen rauchgeschwärzten Bauernhäusern und verschneiten Kartoffeläckern, auf dieser Dorfstraße mit ihren Schlammlöchern. Nein, den Gedanken, Bibiche hier zu finden, hatte ich aufgegeben.

Dennoch trieb mich etwas in mir, den Baron nach seinem Wagen zu fragen, nach dem Wagen, in dem seine Assistentin nach Berlin gefahren war. Ich tat es auf einem Umweg.

„Ich werde vielleicht bisweilen auch in die Nachbardörfer gerufen werden, wie?" fragte ich. „Ist hier im Ort in dringenden Fällen ein Auto zu bekommen?"

Der Baron leerte sein Whiskyglas. Seine Zigarre lag in der Aschenschale und qualmte.

„Ich habe selbst einen Wagen", sagte er. „Freilich, ich benütze ihn fast niemals. Ich gehöre zu jener aussterbenden Sorte von Menschen, die es nicht eilig haben und lieber im Sattel sitzen als am Volant. Ich liebe dieses maschinentolle Zeitalter nicht sehr. Sie werden hier auf den Feldern – guter Boden übrigens, Doktor, Kalkboden, Marschboden, sandige Heide, dann wieder Mergelboden –, Sie werden hier auf meinem Gut weder Traktoren noch Saatmaschinen sehen, sondern nur das Pferd, den Knecht, den Pflug. Und im Spätsommer können Sie in den Scheunen noch das uralte Tanzlied der Dreschflegel hören. So war's zu meines Großvaters Zeiten, und so wird es bleiben, solange ich lebe."

Er nahm seine Zigarre vom Tisch und streifte die Asche nachdenklich ab. Er schien vergessen zu haben, daß ich ihn nach seinem Wagen gefragt hatte.

„Meine verstorbene Schwester", fuhr er fort, „hat elektrisches Licht in alle Räume des Hauses leiten lassen. Ich, sehen Sie, arbeite am liebsten beim Licht einer Öllampe. – Sie wundern sich, Doktor, Sie lächeln? Die wahrhaft großen Werke des menschlichen Geistes sind beim Schein der Öllampe entstanden, Virgils Aeneis ebenso wie Goethes Faust. Sie leuchtete dem unbekannten Meister, der an einem groben Bauerntisch den Plan zum Aachener Dom entwarf. Christus kannte ihr mildes und freundliches Licht, die klugen Jungfrauen des Evangeliums hielten Öllampen in den Händen, als sie dem Erlöser entgegengingen. Ja – aber wovon haben wir gesprochen? Richtig – Sie können meinen Wagen haben, wenn Sie ihn brauchen. Chauffieren Sie? Es ist ein Achtzylinder-Tourenwagen, ein Cadillac, ich habe ihn –. Ist Ihnen nicht wohl, Doktor? Einen Kognak? Ein Glas Wasser? Mensch, wie sehen Sie aus! Schon besser? Na, Gott sei Dank! Sie sind ja kreideweiß geworden, Doktor!"

Achtes Kapitel

Ich kann es mir nicht anders erklären: Die Spannung, die sich von mir löste, das Gefühl der Überraschung und des Glücks, das jäh in mir aufstieg, die Erregung, die ich nicht zeigen wollte und die doch so stark war, daß ich sie nicht unterdrücken konnte – das alles muß bewirkt haben, daß sich mein Bewußtsein auf eine eigentümliche Art spaltete: Ich hörte die Stimme des Barons, jedes einzelne seiner Worte vernahm ich, aber dabei war es mir, als wäre ich gar nicht mehr da, als läge ich irgendwo in einem Krankenzimmer im Bett, ganz deutlich hatte ich diese Empfindung, ich fühlte etwas Feuchtes, Warmes auf der Stirn und am Hinterkopf und versuchte, danach zu greifen, aber ich konnte plötzlich den Arm nicht bewegen, und ich hörte die leisen Schritte der Krankenschwester. Es scheint, daß ich damals zum erstenmal die Vision des Zustandes hatte, mit dem dieses ganze Abenteuer für mich enden sollte. Später überkam mich diese Art Vorahnung noch mehrere Male, doch fast immer nur, wenn ich müde war, zumeist in der Nacht vor dem Einschlafen, doch niemals wieder so deutlich wie an diesem Vormittag. – Was ist denn mit mir? – fragte ich mich. – Wo bin ich? Eben sprach ich doch noch mit dem Baron. Bibiche kommt, in acht Tagen ist sie hier. – Da war ich auch schon wieder bei mir. Ich öffnete die Augen, der Baron stand über mich gebeugt mit einem Kognakgläschen in der Hand, ich schüttete den Kognak hinunter, ich leerte das Glas noch ein zweites Mal. Was war denn das jetzt mit mir? – durchfuhr es mich – hab ich geträumt? Jawohl, geträumt am hellichten Tag. Bibiche kommt, das ist kein Traum, das ist die Wirklichkeit. – Und laut sagte ich irgend etwas von Überarbeitung, von kleinen Schwächeanfällen, die nichts zu bedeuten hätten. – „Das sind die Nerven des Großstädters", hörte

ich die Stimme des Barons. – „Das Leben auf dem Land
wird Ihnen gut tun." – Und bei den Worten „auf dem
Land" mußte ich wieder an Bibiche denken, und ich er-
tappte mich bei einem eigenartigen Sprung der Gefühle:
Vor wenigen Minuten noch hatte ich nicht zu hoffen ge-
wagt, daß ich sie jemals wiedersehen würde, und jetzt
erschien es mir als fast unerträglich, daß ich acht Tage
lang auf sie warten mußte.

Ich war jetzt wieder Herr meiner Nerven und
schämte mich ein wenig des Zwischenfalles. –
„Schlechte Luft" – sagte der Baron. – „Lassen wir Ozon
herein, ich hab den ganzen Morgen gequalmt wie ein
Schlot." – Er stand auf und öffnete ein Fenster. Ein kalter Windstoß fuhr durch das Zimmer, auf dem Schreibtisch raschelten die Papiere. Und in diesem Augenblick
muß Federico eingetreten sein. Er stand, als ich ihn erblickte, an die Eichentäfelung gelehnt zwischen dem
Zweihänder und einem schottischen Claymoredegen. Er
kam vom Moor oder aus dem Wald, an seinen Gama-
schen haftete mit Kiefernadeln vermengter Schnee, und
aus seiner offenen Jagdtasche sah der bläulich schim-
mernde Kopf irgendeines Sumpfvogels hervor. Und
wieder überraschte mich die Ähnlichkeit – nein, das
war keine Einbildung: Dieser Knabe trug die Züge
eines längst Verstorbenen, die erhabenen Züge eines
Mannes, der ein Großer seiner Zeit gewesen sein mußte,
und wie ich ihn regungslos neben dem Zweihänder stehen sah, da durchfuhr mich ein sonderbarer Gedanke:
„Für diese Waffe ist er geboren" – sagte ich mir. „Für
ihn ist sie geschmiedet." – Und ich war beinahe erstaunt darüber, daß ich in seinen Händen ein Schrotge-
wehr sah und nicht den Zweihänder.

Über das schmale, harte Gesicht des Barons glitt ein
flüchtiges Lächeln.

„Schon zurück? Ich dachte, du würdest nicht vor Mittag hier sein. Wie steht die Arbeit im Wald?"

„Mit den Schlägerungen sind sie beinahe bis an den
Bach gekommen", berichtete der Knabe. „Mit dem Ab-
transport wird morgen begonnen werden. Zwei neue
Leute sind eingestellt. Arbeiter von der Bahn."

„Arbeiter von der Bahn mag ich nicht sehr", meinte

der Baron. „Sie taugen nichts. Wer hat sie aufgenommen? Praxatin?"

Er wandte sich, ohne die Antwort abzuwarten, an mich:

„Das ist Federico", sagte er und sonst nichts, kein Wort über des Knaben Herkunft und über das verwandtschaftliche Verhältnis, in dem er zu ihm stand. „Und das ist unser neuer Doktor, er ist gestern angekommen."

Federico machte eine leichte Verbeugung, und nichts in seinem Gesicht verriet, daß wir einander schon begegnet waren. Ich ging einen Schritt auf ihn zu, aber da traf mich aus seinen irisblauen Augen ein erstaunter und abweisender Blick, ich blieb stehen und ließ die halberhobene Hand wieder sinken – er hatte mich daran erinnert, daß wir Feinde waren.

Der Freiherr von Malchin hatte weder diesen Blick noch meine Bewegung bemerkt.

„Sind Sie Jäger?" fragte er mich. „Federico kennt jeden Hasen im Revier. Die Niederjagd ist gut, und auch das Rehwild kann sich sehen lassen. Sie verstehen nichts von der Jagd? Das ist schade. Ihr Vater, Doktor, holte die Ente aus der Luft herunter. Wenn Sie wollen, werde ich Ihr Lehrherr in der Pirsch sein. Sie wollen nicht? Tut mir recht leid. Sie treiben wohl überhaupt keinen Sport, wie?"

„Doch. Ich fechte."

„Sie fechten? Das interessiert mich. Deutsch? Italienisch?"

Ich sagte, daß ich in beiden Schulen gleich geübt sei.

Der Baron geriet in helle Begeisterung.

„Da haben wir ja einen richtigen Haupttreffer an Ihnen gemacht", rief er. „Man findet so selten einen guten Fechter. Hätten Sie Lust zu einem kurzen Assaut?"

„Jetzt?"

„Wenn es Ihnen recht ist."

„Bitte. Mit Ihnen, Baron?"

„Nein, mit Federico. Er ist mein Schüler im Stoßfechten – ein sehr begabter Schüler, wenn ich selbst das sagen darf. Aber Sie sind vielleicht noch müde. Dieser kleine Schwächeanfall vorhin –"

Ich warf einen Blick auf Federico. Mit einem Ausdruck von gespannter Aufmerksamkeit wartete er auf meine Antwort. Als er merkte, daß ich ihn beobachtete, wandte er sich ab.

„Das ist vorüber", sagte ich zum Baron. „Ich bin durchaus in Form. Ich stehe zur Verfügung."

„Ausgezeichnet!" rief der Freiherr von Malchin. „Federico, führe den Herrn Doktor in den Turnsaal. Hier ist der Schlüssel zum Degenkasten. Ich komme nach."

Federico ging voran und summte irgendeine italienische Melodie vor sich hin. Er ging so rasch, daß ich Mühe hatte, Schritt mit ihm zu halten. Im Turnsaal legten wir Rock und Weste ab, schweigend reichte er mir die Fechtmaske und die Waffe. Er schien nicht die Absicht zu haben, auf den Baron zu warten. In weitem Abstand traten wir einander gegenüber. Wir grüßten und gingen in die Stellung.

Federico begann mit einem Umgehungsschlag in die linke Zwischenlage und einer doppelten Finte, der er, genau wie ich es erwartet hatte, einen Kreisstoß folgen ließ. Es war nicht schwer, diesen recht schulmäßig geführten Angriff aufzuhalten. Um die Wahrheit zu sagen – ich versprach mir von diesem Assaut nicht viel Vergnügen, nur um dem Baron gefällig zu sein, hatte ich die Herausforderung angenommen. Ich war gar nicht bei der Sache, aber ich fühlte mich vollkommen sicher, und während ich rein mechanisch die gegnerischen Stöße abwehrte, dachte ich noch immer an Bibiche und daß ich sie wiedersehen würde.

Da aber nahm das Gefecht eine Wendung, die ich nicht vorausgesehen hatte.

Auf einen Außenschlag, durch den ich seine Klinge aus ihrer Richtung gebracht hatte, antwortete Federico mit einer Reihe sehr geschickt geführter Scheinstöße. Ich erkannte plötzlich, daß ich meinen Gegner unterschätzt hatte. Aber ehe ich noch seine Absicht zu erraten vermochte, kam aus der Kreisdeckung ein Stoß, den ich nur halb auffing: Er streifte meine Schulter.

„Touché!" meldete ich und nahm die Grundstellung ein. Ich war wütend über mich und konnte es mir nicht erklären, wie mir dieses Mißgeschick hatte widerfahren können. Ich hatte mir in den letzten Jahren zwei Turnierpreise geholt, und heute stand ich einem halbwüchsigen Knaben, einem Anfänger, gegenüber. „Sitzt", sagte ich, und dabei merkte ich, daß das Hemd über meiner linken Schulter aufgerissen war, und aus einem kleinen Hautritz kamen Blutstropfen. Und jetzt erst wurde ich dessen gewahr, daß die Spitze der Klinge meines Gegners den Degenknopf nicht trug, jenes mit Leder überzogene Kügelchen, das beim Assaut Verletzungen unmöglich machen soll. Es war eine tödliche Waffe, die er gegen mich gerichtet hielt.

Er hatte die Maske abgenommen.

„Ihre Klinge ist nicht gesichert – wissen Sie das?" fragte ich.

„Die Ihre auch nicht", gab er zur Antwort.

Im ersten Augenblick verstand ich nicht, was er damit sagen wollte. Ich sah ihn verwundert an – er hielt meinem Blick stand. Und jetzt begriff ich.

– Sie glauben doch nicht, daß ich mich mit einem Schuljungen schlagen werde? –

Ich sagte das nicht – ich wollte es sagen. Aber sein Blick, der Blick aus diesen großen, irisblauen, von einem silbernen Glanz überstrahlten Augen, verhinderte mich, die Worte auszusprechen. Und dann geschah etwas in mir, was ich mir heute noch nicht erklären kann.

Vielleicht war es der Zorn darüber, daß ich touchiert worden war, der Wunsch, Revanche zu nehmen, die Schlappe, die ich erlitten hatte, wieder wettzumachen – nein! Das allein kann es nicht gewesen sein. Es war der Ausdruck seines fremdartigen Gesichtes, es war sein Blick, der mich hielt und zwang, ich fühlte plötzlich, daß ich nicht einem Knaben gegenüberstand, sondern einem Mann – einem Mann, den ich beleidigt, dem ich den Mut abgesprochen hatte, und diesem Mann war ich Genugtuung schuldig.

„Nun? Sind Sie bereit?" hörte ich die Stimme Federicos.

Ich verlor alle Überlegung. Ich fühlte nichts als eine rasende Begierde, mich ihm zu stellen und mit ihm zu kämpfen.

„Los!" rief ich, und unsere Klingen kreuzten sich.

Ich entsinne mich, daß ich anfangs eine Art Plan hatte. Ich war noch immer überzeugt, daß ich meinem

Gegner überlegen sei und daß ich den Verlauf des Gefechtes bestimmen könne. Ich wollte ihn nicht verwunden, sondern mich auf die Verteidigung beschränken, seine Angriffe vereiteln und ihm im gegebenen Moment die Waffe aus der Hand schlagen.

Es kam anders. Schon nach seinen ersten Stößen erkannte ich, daß er bis dahin nur mit mir gespielt hatte. Jetzt war es ihm Ernst. Ich stand einem Fechter von großem Format und einem erbitterten Feind gegenüber. Er griff mich mit einer Kühnheit, einer Leidenschaft und dabei doch wieder mit einer Umsicht an, wie ich sie noch bei keinem Gegner gefunden hatte. – Mit wem kämpfe ich? – fragte ich mich, während ich Schritt für Schritt zurückwich. – Wer ist dieser furchtbare Gegner? Wessen Antlitz trägt er? Woher hat er dieses unbändige Blut? – Ich dachte nicht mehr daran, daß ich mich nur hatte verteidigen wollen, ich sah, daß es um mein Leben ging, und griff an, aber meine Angriffe wehrte er mit leichter Mühe ab. Mit Schrecken erkannte ich, daß ich diesem Gegner gegenüber keine Chance besaß. Er hatte mich bis an die Wand getrieben. Mein Arm ermattete, ich sah, daß ich verloren war. Ich wußte, daß in der nächsten Sekunde der letzte, der entscheidende Stoß kommen mußte, mit der Kraft der Verzweiflung versuchte ich, das Ende hinauszuschieben, ich hatte Angst –

„Halt!" rief eine Stimme.

Unsere Klingen fuhren hoch.

„Nun, Doktor, wie sind Sie mit meinem Schüler zufrieden?" fragte der Baron.

Ich glaube, ich habe gelacht. Ein hysterisches Lachen, das war meine Antwort.

„Ich übernehme jetzt die Leitung des Assauts", fuhr der Baron fort. „Federico! Einen Schritt rückwärts! Noch einen. Ich sage dir die Stöße an. Wer getroffen ist, hat sich zu melden. Achtung! – Los!"

Blitzschnell erfolgten seine Ansagen, blitzschnell führte Federico die Stöße aus.

„Balestra! Deckung! Cavazione! Quarta bassa! Gut, Doktor! – Radoppio! Battuta! Deckung! Colpo d'arresto! Gut so! Passata sotto! Risposta! Intrecciata! Gut so! – Disarmo!"

Der Degen flog mir aus der Faust. Federico hob ihn auf und reichte ihn mir. Dann bot er mir schweigend seine Hand.

Der Baron begleitete mich bis an das Parktor.

„Für seine fünfzehn Jahre ficht er recht gut, wie?" meinte er, als er sich von mir verabschiedete.

„Fünfzehn Jahre ist er alt?" wiederholte ich. „Aber er ist kein Knabe mehr, er ist ein Mann."

Der Baron ließ meine Hand los.

„Ja, das ist er. Das ist er", sagte er, und ein Schatten flog über sein Gesicht. „Das Geschlecht, aus dem er stammt, wird mannbar vor der Zeit."

Ich war in einer merkwürdigen Stimmung auf dem Weg nach Hause. Es war mir, als ginge ich nicht, als schwebte ich über der Dorfstraße hin – manchmal im Traume ist es einem so, als triebe einen ein Windhauch leise vor sich hin. Ich fühlte mich schwerlos, und dabei war ich bewegt, erschüttert beinahe. Bibiche kam, und ich hatte einen Zweikampf hinter mir, einen Kampf auf Leben und Tod. Mein ganzes Wesen war in Aufruhr, stärker als sonst fühlte ich, daß ich lebte.

Ich glaube, ich war sehr glücklich an jenem Vormittag.

Zu Hause erwartete mich ein altes Weiblein in meinem Arbeitszimmer, die Mutter des Krämers aus dem Nachbarhaus. Sie klagte über quälenden Husten und über Atemnot, über Schluckbeschwerden und Kratzen im Hals.

Ich sah sie verständnislos und verwundert an.

Ich hatte völlig vergessen, daß ich hier im Ort der Dorfarzt war.

Neuntes Kapitel

Ich traf sie, ich traf Bibiche eine Woche später, es war gegen Mittag, auf der Dorfstraße balgten sich die Hunde, und der Krämer stand vor der Tür seines Ladens und rief mir zu, daß Tauwetter komme. Ich ging weiter und bog um die Ecke, da sah ich den Cadillac.

Der grüne Wagen hielt vor einem kleinen, freundlichen Haus, das blaugestrichene Fensterläden und über der Haustür einen erkerartigen Vorbau hatte. Zwei Arbeiter vom Gutshof hoben einen großen, unregelmäßig geformten und mit Segelleinwand überzogenen Gegenstand aus dem Wagen und trugen ihn in die Hausflur. Bibiche stand abseits im Gespräch mit dem Fürsten Praxatin. Sie sah mich nicht. Ein brauner Schäferhund rieb seinen Kopf an ihrem schwarzen Seehundpelz. Rings um sie her lärmten die Spatzen in der Wintersonne.

„Sie haben ihn also gefunden", sagte der Russe. „Sie haben sogar mit ihm gesprochen. Was sind Sie, Kallisto, für ein Engel! Wie am heiligen Osterfest die Glocken, so klingen Ihre Worte in meinem Ohr. Wie befindet er sich? Womit beschäftigt er sich? Immer hatte er den Kopf voll Plänen. Aus hundert Rubeln in seiner Tasche machte er tausend – solch ein Mensch ist er. Warum aber hat er mir auf meine Briefe nicht geantwortet? Schämt er sich etwa des alten Freundes und der vergangenen Zeiten?"

Jetzt sprach Bibiche. Zum erstenmal seit langer Zeit hörte ich ihre dunkle, samtweiche Stimme.

„So viel Fragen! Nein, Ihre Briefe hat er nicht bekommen. Im letzten Jahr hat er dreimal seine Stellung gewechselt. Eine Zeitlang hatte er kein Quartier, er trieb sich in den Straßen herum. Bis vor einem Monat war er Gehilfe bei einem Uhrmacher."

„Er hatte immer viel Begabung für mechanische Arbeiten, hat sogar Erfindungen gemacht", meinte der Russe. „Und jetzt? Wo ist er jetzt?"

„Jetzt ist Ihr Freund tagsüber Zeitungsverkäufer, und am Abend steht er in einer Livree vor dem Restaurant ‚Zur Stadt Köln' und hilft den Gästen in ihre Autos."

„Mein Freund?" rief der Russe. „Sagte er, daß wir Freunde gewesen seien? Wir waren niemals Freunde. Ich kannte ihn, und wir spielten im Klub miteinander. Und wieviel verdient er – sagte er Ihnen das?"

„An guten Tagen verdient er vielleicht acht Mark."

„Acht Mark. Er ist allein und hat für niemand zu sorgen. Für fünf Mark kann er herrlich leben, sich sogar mittags ein Schnäpschen gönnen. Bleiben drei Mark täglich, das sind im Monat neunzig Mark und im Jahr – gar nichts! Nicht einmal die Zinsen des Betrags, den er mir schuldet. Darauf spucke ich – passez moi l'expression. Sprach er kein Wort von seiner Schuld?"

„Nein. Wahrscheinlich hat er sie längst vergessen."

„Vergessen?" rief der Fürst. „Eine Spielschuld? Eine Ehrenschuld? Siebzigtausend Rubel, Goldrubel, in Bons, einzulösen innerhalb einer Woche! Vergessen – sagen Sie? Nun, ich werde ihm schreiben, ihn erinnern. Eines Tages werde ich das Geld bekommen. Er wird wieder reich werden, ich weiß es. Ein Mann wie dieser bleibt nicht sein Leben lang ein Zeitungsverkäufer. Ein Mann wie dieser – wirst du wohl ruhig sein! Leg dich!"

Das galt dem Schäferhund, der plötzlich aufgesprungen und auf die Spatzen losgefahren war. Bibiche bückte sich und streichelte sein Fell, und der Hund legte seine Schnauze in ihre Hand.

„Sie verzeihen, wenn ich Sie jetzt verlasse", sagte der Fürst. „Ich habe vor Tisch noch Briefe zu erledigen, allerlei Korrespondenz. Nochmals danke ich Ihnen."

Er wendete sich um und sah mich hinter dem Wagen stehen.

„Da ist ja unser Doktor! Schon nach dem Speisen? Erlauben Sie mir, Kallisto, daß ich Ihnen Herrn Doktor Amberg –"

„Ganz überflüssig. Wir kennen einander", sagte Bibiche. „Das heißt, ich weiß nicht –"

Sie winkte dem Fürsten Praxatin zu, der schon am Volant saß und den Wagen in die Garage lenkte. Dann wandte sie sich wieder an mich.

„Ich weiß allerdings nicht, ob Sie sich meiner noch erinnern."

„Ob ich mich Ihrer erinnere? Sie heißen Kallisto Tsanaris. Rechts vor dem zweiten Fenster war Ihr Arbeitsplatz. Als Sie zum ersten Mal kamen, trugen Sie ein glattes, kornblumenblaues Kleid mit einem blau und weiß gestreiften Schal –"

„Das stimmt", unterbrach sie mich.

„Und später trugen Sie dieses Kleid nie wieder. Einmal, im November, blieben Sie elf Tage lang fort, waren Sie krank? Wenn Sie mit sich selbst sprachen, nannten Sie sich Bibiche. Sie rauchten kleine, dünne Zigaretten mit Korkmundstück –"

„Wirklich – das alles wissen Sie noch? Vielleicht habe ich also doch ein wenig Eindruck auf Sie gemacht. Dann verstehe ich nur nicht, warum Sie sich die ganze Zeit über gar nicht um mich gekümmert haben. Ich gestehe Ihnen, daß ich mir rechte Mühe gegeben habe, von Ihnen bemerkt zu werden; aber Sie schienen entschlossen, mich nicht zur Kenntnis zu nehmen. Leider – hätt ich beinahe gesagt."

Ich sah sie an. Warum sagte sie das? Es war doch nicht wahr.

„Geben Sie doch zu", fuhr sie fort, „daß wir ein halbes Jahr im selben Raum gearbeitet haben, und Sie sagten nichts anderes zu mir als ,Guten Morgen' und ,Guten Abend'. Sie waren ein wenig hochmütig, geben Sie das doch zu, auch launenhaft, nicht wahr, vielleicht zu sehr verwöhnt von schönen Frauen. Die kleine griechische Studentin galt Ihnen nichts."

Ich begann nachzudenken. – Hatte sie am Ende recht? Lag nicht wirklich doch die Schuld an mir? War ich nicht allzu zurückhaltend, zu ängstlich, zu scheu, zu feig – vielleicht sogar zu stolz gewesen? –

„Tut es Ihnen leid?" fragte sie leichthin. „Nun, Sie sehen, es ist noch immer nicht zu spät. Ein Zufall hat uns beide hierhergebracht. Vielleicht werden wir jetzt endlich Freunde werden. Oder –?"

Sie reichte mir ein wenig zögernd und mit einem unsicheren Lächeln ihre Hand. Ich ergriff sie und ließ sie nicht los. Sprechen konnte ich nicht. Mir war zumute wie einem Menschen, der etwas, was gegen alle Naturgesetze ist, der mit seinen Augen ein Wunder gesehen hat.

„Ja", sagte sie dann nachdenklich, „das Kleid, das blaue Tuchkleid, das habe ich damals meinem Mädchen geschenkt."

Plötzlich begann sie zu lachen.

„Haben Sie ihn gehört? Den Fürsten Praxatin! Mit seinen siebzigtausend Rubeln. Haben Sie es verstanden? Nicht? Ich werde es Ihnen erklären."

Sie lehnte sich leicht an mich. Ihr Arm berührte den meinen.

„Sehen Sie – dem Fürsten Praxatin hat die Revolution nichts genommen. Er hatte, was er besaß, schon vor dem Krieg verspielt. Er spielte jeden Abend, er ist dem Hasard verfallen. Eines Abends spielte er im Klub Poker mit drei jungen Herren, Söhnen von Großindustriellen und Gutsbesitzern. An diesem Abend hatte er Glück wie im Märchen, zum erstenmal im Leben hatte er Glück, er gewann zweihundertundvierzigtausend Rubel. Seine Partner waren die Söhne schwerreicher Leute – ‚das ist sicheres Geld', sagte er zu sich, als er die Bons an sich nahm. Aber am nächsten Tag kam der Sturm auf das Winterpalais – die Oktoberrevolution. Wer dachte da noch an Spielschulden. Die Revolution nahm den drei jungen Leuten alles, was sie besaßen. Heute sind sie Emigranten, kämpfen tagtäglich den Kampf um das nackte Leben. Aber alle Monate schreibt der Fürst Praxatin jedem von ihnen einen Brief, einen sehr höflichen Brief, er erinnert sie an ihre Schuld und fragt an, ob sie nicht schon in der Lage seien, ihre Bons einzulösen. Der eine ist Holzarbeiter in Jugoslawien, der zweite erteilt Sprachunterricht in London, der dritte verkauft Zeitungen in Berlin. – Eigentlich ist das alles gar nicht so lustig. Manchmal tut der Fürst mir leid."

„Warum tut er Ihnen leid?" widersprach ich ihr. „Er ist glücklich. Er lebt in einem Traum, und so ist sein Reichtum sicherer als jeder andere. Denn was man im Traum besitzt, kann einem keine Welt von Feinden nehmen.

Nur das Erwachen – aber wer wird so grausam sein, ihn aus seinem Traum zu wecken?"

„Was man im Traum besitzt, kann einem keine Welt von Feinden nehmen", wiederholte sie leise. „Das ist sehr hübsch, was Sie da sagten."

Eine Weile schwiegen wir beide. Es war kalt geworden, die Sonne war hinter grauem Gewölk verschwunden. Durch die Dorfstraße kam der Nebel in dichten Schwaden, langsam, wie ein großes schwerfälliges Tier, kam er gekrochen und verschluckte Dächer, Fenster, Türen und Zäune.

„Es ist spät", sagte sie plötzlich. „Zwei Uhr ist es. Ich muß mich umkleiden, ich bin eben erst aus Berlin gekommen – um drei Uhr erwartet mich der Baron."

Sie wies auf die blaugestrichenen Fensterläden.

„Hier arbeite ich. Das ist das Laboratorium. Sie sehen, es ist nicht schwer, mich zu finden. Und wenn ich nicht hier bin, so finden Sie mich oben im Herrenhaus, beim Baron. Wir sehen uns bald, wie?"

Sie winkte mir zu und war verschwunden.

Ich hätte fröhlich sein können, ich hätte glücklich sein können. Aber da, als ich allein war, überfiel mich ein quälender Gedanke.

Anfangs war es nur ein Spiel. Ich spielte mit diesem Gedanken.

Das alles – sagte ich mir – war so schön und so flüchtig, als ob es ein Traum gewesen wäre. – Als ob es ein Traum gewesen wäre, wiederholte ich. Und ich begann darüber nachzudenken, wie klein der Unterschied ist zwischen vergangener Wirklichkeit und Traum. Aber wenn es wirklich nur ein Traum gewesen wäre? – Ich blieb stehen. – Vielleicht träume ich noch immer. Das alles, den Schnee auf der Dorfstraße, die Krähe dort auf dem Baum, den Nebel, die Häuser, die bleiche Sonne am Winterhimmel – das alles träume ich. Und gleich werde ich erwachen, und alles wird verschwunden sein, jetzt – in der nächsten Sekunde schon werde ich erwachen! –

Es war ein lächerliches Spiel, das ich mit mir selbst trieb, aber ich bekam Angst und begann zu laufen –

noch nicht! Noch nicht! – schrie es in mir, und da war ich auch schon zu Hause, die Holztreppe knarrte unter meinen Füßen, ich öffnete die Türe, und der vertraute Geruch schlug mir entgegen, der leise Geruch des Chloroforms, der nie aus meinem Zimmer wich, der tat mir wohl, der vertrieb die törichten Gedanken.

Zehntes Kapitel

Mein Nachbar, der Krämer, der mir zugerufen hatte, daß Tauwetter komme, war ein schlechter Wetterprophet. Nein, es kam kein Tauwetter am nächsten Tag, sondern nur ein eiskalter, mit wässerigen Schneeflocken vermengter Regen, der stundenlang anhielt. Ich war bis auf die Knochen durchfroren, als ich gegen zehn Uhr morgens von meiner Visite im Försterhaus zurückkam.

Ich ließ den Schlitten vor dem Wirtshaus halten und bestellte in der Schankstube einen Kognak, um mich zu erwärmen. Zu meiner Verwunderung traf ich dort den Baron. Er unterhielt sich mit dem Gastwirt über die sinkenden Viehpreise und über den Rückgang des Bierkonsums. Als er mich sah, trat er sogleich auf mich zu.

„Zu Ihnen wollte ich soeben gehen, Doktor", sagte er. „Ich war schon vor einer Stunde bei Ihnen, man sagte mir aber, Sie seien nicht zu Hause. Im Försterhaus waren Sie? Nun, wie fanden Sie Ihre kleine Patientin? Kommen Sie, Doktor, ich begleite Sie."

Während wir die Straße überquerten, sagte ich dem Baron mit kurzen Worten Bescheid. Das Befinden der kleinen Elsie war zufriedenstellend. Das Fieber und die Halsbeschwerden waren zurückgegangen, und auch der Ausschlag begann abzulassen.

„So? Jetzt schon?" meinte der Freiherr von Malchin. „Ja, der Scharlach tritt hier in der Gegend, seit einem Jahr etwa, in auffallend milder Form auf. Ich versichere Ihnen, Doktor, ich war nicht einen Augenblick lang um das Kind besorgt."

Das wußte ich bereits. Damit sagte er mir nichts Neues.

Die Patienten, die auf der Bank in meinem Warteraum saßen, erhoben sich, als wir eintraten. Es waren ihrer drei, zwei Männer und eine Frau. Der Baron streifte sie mit einem Blick. Dann trat er mit mir in mein Arbeitszimmer.

„Viel zu tun?" fragte er, als er Platz genommen und sich eine Zigarre angezündet hatte.

„Es geht", sagte ich. „Vorläufig kommen nur die Leute aus dem Dorf. In der Umgebung weiß man noch nicht, daß jetzt wieder ein Arzt hier ist."

„Interessante Fälle?"

„Nein. Nichts Interessantes. Zumeist nur das Übliche: Erkältungen, Alterserscheinungen, rachitische Kinder. Der Frau Ihres Unterschweizers geht es nicht gut. Vorgeschrittene Herzmuskelentzündung. Aber das wissen Sie wohl."

„Jawohl, das weiß ich", sagte der Freiherr von Malchin und versank in Nachdenken.

„Und Sie, Baron? Wo fehlt es bei Ihnen?" fragte ich nach einer Weile.

Er fuhr auf und sah mich an.

„Bei mir? Nein, ich bin nicht krank. Ich bin niemals krank. Ich habe eine eiserne Konstitution."

Wiederum schwieg er und blies Rauchwolken vor sich hin.

„Eine eiserne Konstitution", wiederholte er dann. „Hören Sie, Doktor – ich kenne so ziemlich alle Leute hier im Dorf. Der eine der beiden Männer, die in Ihrem Wartezimmer sitzen, heißt er nicht Gause?"

„Ja. Ich glaube, so heißt er."

„Ein armer Teufel. Ich beschäftige ihn bisweilen als Pflüger und Drescher. Eine Art Dorfphilosoph. Er denkt über das Jenseits und die himmlische Gerechtigkeit, über die Erbsünde und die unbefleckte Empfängnis nach – er leugnet das alles. Hat er Ihnen nicht schon erzählt, daß Christus sterben mußte, weil anno dreiunddreißig das Proletariat nicht organisiert war?"

„Nein", sagte ich. „Mit mir sprach er nicht darüber. Zu mir kommt er wegen seines Gliederreißens."

„Wegen seines Gliederreißens? So – klagt er über Gliederreißen? Und was geben Sie ihm gegen dieses Leiden?"

„Ich gebe ihm Aspirin und verordne ihm heiße Bäder."

„So, der wäre vielleicht der Richtige", sagte der Baron, und wiederum versank er in Schweigen.

Plötzlich stand er auf und ging im Zimmer auf und nieder.

„Ich hätte nicht geglaubt, daß es so schwer sein würde", sagte er mit einem Blick auf mich. „Wahrhaftig, ich habe es mir einfacher vorgestellt."

„Kann ich Ihnen mit irgend etwas dienen, Baron?" fragte ich.

Er blieb stehen.

„Jawohl, Doktor, das können Sie. Ich habe ein Anliegen, und es steht bei Ihnen, ob Sie mir behilflich sein wollen. Es ist nur eine Kleinigkeit. Freilich ich weiß nicht –. Na, schlimmstenfalls sagen Sie eben nein."

Er brachte aus einer seiner Rocktaschen ein dünnes Glasröhrchen zum Vorschein und entkorkte es. Es schien einige Tropfen einer wasserhellen Flüssigkeit zu enthalten. Er roch daran.

„Es riecht abscheulich", stellte er mit einem Lächeln der Verlegenheit fest. „Penetrant. Es steigt einem in die Nase. Meiner Assistentin ist es noch nicht gelungen, das Zeug geruchlos zu machen."

Er hielt mir das Röhrchen hin.

„Was ist das? Und was soll ich damit?" fragte ich.

„Der Gause – das wäre der Mann, den ich brauche", sagte er. „Wenn Sie ihm diese Tropfen in einem Glas Wasser oder vielleicht in einer Tasse Tee –."

„Ich verstehe nicht ganz. Ist das etwas gegen Gliederreißen? Ein Hausmittel?"

„Ja. Das heißt –. Nein, Doktor, ich will Sie nicht belügen. Es hat nichts mit Gliederreißen zu tun. Es ist ein Versuch, den ich mache. Ein wissenschaftlicher Versuch."

„Aber ich kann Ihnen doch unmöglich als Arzt einen meiner Patienten als Objekt für Ihre wissenschaftlichen Versuche überlassen!" rief ich.

„Warum denn nicht? Wir sind beide Wissenschaftler, einer hilft dem andern. Ich übernehme die Verantwortung dafür, daß dieses Mittel in keiner Weise den Organismus schädigt. Es ruft rein psychische Wirkungen hervor, vorübergehende Wirkungen übrigens. Es macht vielleicht den Mann für kurze Zeit ein wenig glücklicher – das ist alles. Warum sollten Sie mir nicht dabei helfen?"

„Ist es ein Opiat?" fragte ich.

„Etwas derart. Wenn das Experiment gelingt, sollen Sie mehr darüber erfahren – alles. Sehen Sie, ich könnte ja dem Mann ein Gläschen Schnaps anbieten. Aber da ist dieser infernalische Geruch und dieser muffige Geschmack – er würde mißtrauisch werden. Hingegen ein Medikament, das Sie ihm geben, das darf unangenehm riechen."

Er wendete sich um und sah nach der Tür.

„Kann man draußen nichts von dem, was wir hier sprechen, hören?"

„Nein", sagte ich. „Man hört nichts. Aber ich weiß wirklich nicht –."

„Ob Sie mir vertrauen dürfen?" unterbrach er mich. „Es ist richtig, Sie geben sich in meine Hand; aber gebe ich mich nicht auch in Ihre? Ich denke, ich spreche mit dem Sohn meines verstorbenen Freundes. Ich arbeite für meine Idee, die auch die seine war. Er half mir dabei. – Ich weiß, daß ich einen großen und Ihnen teuren Schatten beschwöre. Aber alles, was geschieht, geschieht auch für ihn, für sein Andenken. Er hätte Ihnen sicherlich gesagt: Tu' es!"

Unter der Suggestion dieser Worte verlor ich alle Widerstandskraft. Und ich sagte leise und beklommen:

„Ich werde es tun."

Der Baron ergriff meine Hand und schüttelte sie.

„Ich danke Ihnen", rief er. „Ich bin Ihnen wirklich verpflichtet. Sie erweisen mir einen großen Dienst. Also, nicht wahr, es ist ganz einfach: den ganzen Inhalt – es sind nur drei oder vier Tropfen – in einer Tasse Tee. Und dann noch etwas, wenn ich Sie bitten darf. Sagen Sie dem Mann – nachher –, daß ich mit ihm zu sprechen habe. Ich erwarte ihn morgen, pünktlich um zehn Uhr, – sagen Sie ihm das, bitte!"

Dann ging er, und er merkte nicht, wie sehr mich jetzt schon mein Versprechen reute.

Mir fehlt so ziemlich alles zu einem guten Arzt, nur vielleicht das eine nicht: die Gewissenhaftigkeit. Der Baron hatte kaum die Tür hinter sich geschlossen, da vervielfältigten sich in mir die Bedenken, die Zweifel, die Selbstvorwürfe.

– Wie habe ich denn ein solches Versprechen geben können! · – fragte ich mich. – Wie durfte der Baron ein solches Ansinnen an mich richten? Ich bin Arzt. Darf ich einem Patienten ein Mittel verabreichen, über dessen Natur, Dosierung und Wirkungen ich so gut wie gar nichts weiß? Heißt das nicht das blinde Vertrauen, das er in mich setzt, mißbrauchen? Nein, ich kann dieses Versprechen, das der Baron mir abgelistet hat, nicht halten. Ich darf es nicht tun. –

Dann aber meldete sich die Stimme der Feigheit und der Bequemlichkeit in mir. – Sollte ich wirklich mein Wort zurücknehmen, den Baron enttäuschen? Das Mittel schädigt den Organismus in keiner Weise, das hat der Baron gesagt, und er selbst trägt die volle Verantwortung. Und schließlich – der Baron ist ein Gelehrter, ein Forscher, er darf Verständnis bei mir voraussetzen –.

Nein! Nein! Nein! Ich darf es nicht tun – schrie es in mir. Und um meiner inneren Unsicherheit ein Ende zu machen, um allen künftigen Versuchungen auszuweichen, nahm ich mit einem jähen Entschluß das Röhrchen und zerbrach es, und dann verspritzte ich seinen Inhalt auf den Fußboden.

Ein stechender Geruch verbreitete sich im Zimmer. Mir wurde beinahe übel.

– Das hätte ich nicht tun dürfen – sagte ich mir. – Dazu hatte ich kein Recht. Ich hätte dem Baron sein Präparat zurückbringen, ihm sagen müssen: Hier ist es, ich kann mein Wort nicht halten. Aber es zu vernichten, dazu hatte ich kein Recht. – Was nun? Vor den Baron hintreten und ihm gestehen, was ich getan hatte? Nein, dazu war ich zu feig.

Ich fand einen Ausweg. Einen erbärmlichen, jämmerlichen, verlogenen Ausweg.

In ein Glas Wasser preßte ich den Saft einer halben Zitrone. Dann fügte ich ein paar Tropfen Jodtinktur hinzu. Das Ganze schmeckte schlecht und konnte keine andere Wirkung haben, als ein wenig Übelkeit vom Magen her – vielleicht nicht einmal das. Und der Baron? –

Er wird eben annehmen, daß sein Experiment mißlungen ist – sagte ich mir. – Was kümmert das mich –.

Ich rief den Mann herein, von dem der Baron gesprochen hatte. Er war ein langer, magerer Mensch, er ging ein wenig gebückt. Stoppelbart, mißtrauische Augen und, wirklich, das Gesicht eines Grüblers, das sah ich jetzt sogleich. Tags zuvor hatte ich ihn kaum recht angesehen.

Ich deutete auf das Glas.

„Das ist für Sie. Das werden Sie jetzt trinken. Los! Es ist gar nicht so arg. Auf einen Zug! – Gut. Für die Nacht wieder ein Aspirin, morgens und abends ein warmes Bad. – Ja und daß ich es nicht vergesse: der Herr Baron hat mit Ihnen zu sprechen. Er erwartet Sie morgen um zehn Uhr. Seien Sie pünktlich!"

Er ließ seinen Hut fallen, hob ihn auf und legte ihn auf einen Stuhl. Meine Mitteilung schien ihn zu beunruhigen. Er fuhr sich mit der Hand über seine Bartstoppeln.

„Zum Herrn Baron?" stotterte er. „Nicht vielleicht zum Herrn Inspektor?"

„Nein. Der Herr Baron will selbst mit Ihnen sprechen."

Er wurde ganz verstört.

„Der Herr Baron? Was kann der Herr Baron mit mir zu sprechen haben? Der Herr Inspektor läßt mich manchmal kommen wegen der Arbeit, aber der Herr Baron? Seit fünf Jahren bin ich hier und noch nie hat er –. Da haben ihn gewiß die Nachbarn –. Das bißchen Holz! Aber das tut doch jeder."

Ich wollte ihn beruhigen.

„Nein. Es ist ganz bestimmt nicht wegen des Holzes."

Er wurde immer erregter.

„So? Also nicht, weil ich Holz –? Ja, dann kann ich mir schon denken. Er sah mich draußen sitzen, hat mich gleich so angesehen –. Aber woher er es nur erfahren hat! Ich schwöre es Ihnen, Herr Doktor, und auch vor Gericht werde ich's beschwören – es war nur das eine Mal. Am Weihnachtsabend, kein Bissen Fleisch war im Haus, und da sagt die Frau –"

Er sprach den Satz nicht zu Ende. Mit einer heftigen

Bewegung nahm er seinen Hut vom Stuhl, und dann stolperte er aus dem Zimmer.

Am Abend dieses Tages ging ich zu Bibiche.

Ich traf sie vor dem Mikroskop. Auf dem Tisch stand, zwischen Tiegeln, Eprouvetten und Reagenzgläsern, unberührt das Abendessen.

„Das ist so lieb von Ihnen, daß Sie an mich denken", sagte sie. „Es tut mir wohl, daß Sie gekommen sind. Arme Bibiche! Die Arbeit! Die Arbeit läßt mich heut nicht los."

Sie sah meine Enttäuschung und lächelte. Aber gleich darauf wurde ihr Gesicht wieder ernst.

„Ich habe mich sehr verändert seit einem Jahr, nicht wahr? Ich bin nicht mehr die, die ich war. Ja – wie soll ich Ihnen das erklären! Ich bin zum Gefäß eines ungewöhnlichen und großen Gedankens geworden. Er ist nicht der meine, das weiß ich, aber er erfüllt mich ganz, er läßt mir keine Ruhe, ich spüre ihn in meinen Adern, er vermengt sich mit allen meinen Vorstellungen, er hat Besitz von mir ergriffen."

Wieder lächelte sie.

„Das klingt vielleicht etwas zu großartig. Ich bin nur eine kleine Hilfsarbeiterin, aber die Arbeit hat sich meiner bemächtigt – können Sie das nicht verstehen? Sehen Sie doch nicht so finster drein! Nicht böse sein! Ich bin so froh, daß Sie gekommen sind. Morgen – wollen Sie morgen mit mir spazierengehen? Eine Stunde lang vor dem Frühstück. Um acht Uhr. Klopfen Sie an mein Fenster. Ich werde fertig sein. Bestimmt."

Ich ging nicht, ich blieb ein paar Schritte von ihrem Haus entfernt stehen und starrte in die erleuchteten Fenster.

Um neun Uhr kam der Baron. Er sah mich nicht, Bibiche öffnete ihm selbst die Tür. Dann wurden die Fensterläden geschlossen.

Sechs Stunden lang stand ich in Schnee und Kälte und wartete. Um drei Uhr morgens erst verließ der Baron das Haus.

Den Rest der Nacht hindurch lag ich schlaflos in meinem Bett.

Um acht Uhr klopfte ich an ihr Fenster. Nichts rührte sich. Ich klopfte nochmals.

Die Haustür wurde geöffnet, und ein kleiner, etwa elf-jähriger Junge schlüpfte heraus, der trug zwei leere Milchkannen an seinem Arm.

Er sah mich mißtrauisch an.

„Das Fräulein schläft", sagte er. „Man darf das Fräulein nicht wecken."

Er legte, um seinen Worten Nachdruck zu geben, den Finger an den Mund. Dann begann er zu laufen, und gleich darauf war er verschwunden.

Eine Weile noch hörte ich das Klappern seiner beiden Milchkannen aus dem dichten Nebel.

Elftes Kapitel

Ich glaube, daß ich damals, als ich das Glasröhrchen zerbrach und seinen Inhalt auf dem Teppich verspritzte, eine Gelegenheit versäumt habe, die nicht mehr wiederkam: die Gelegenheit, in den Ablauf der Geschehnisse entscheidend einzugreifen. Ich habe die unbestimmte und dunkle Empfindung, daß vielleicht alles anders gekommen wäre, wenn ich den Wunsch des Freiherrn von Malchin erfüllt hätte. Ich tat es nicht, und es scheint mir, als hätte ich mich damit von allem, was sich später ereignete, selbst ausgeschaltet. Jetzt, da ich zurückblicke, erkenne ich, daß ich immer nur ein Zuschauer geblieben bin – leidenschaftlich bewegt von allem, was ich erfuhr und sah, aber ohne tätigen Anteil an den Dingen, die geschahen. Und es ist eine Ironie des Schicksals, daß gerade ich jetzt in diesem Krankenzimmer liege, ein Opfer der ungeheuerlichen und unerklärlichen Wendung – verwundet, fiebernd und halb gelähmt.

Ich habe kein Recht, mich zu beklagen: Ich lebe. Und ich weiß nicht, welches Schicksal den anderen widerfahren ist. Ist der Baron dem Orkan jener letzten Stunde entronnen? Und was ist mit Federico geschehen? Und sie – wohin hat sie sich geflüchtet? Denn daß sie lebt, daß sie in Sicherheit ist, daran habe ich nie gezweifelt.

Einer ist da, der könnte mir Antwort geben. Praxatin schleicht sich immer wieder in mein Zimmer, in seinem Zwilchkittel und mit dem Kehrbesen, über die Schulter hinweg sieht er mich verstohlen an. Ich sagte laut zu der Krankenschwester, daß ich Lust hätte, eine Partie „Trente-et-un" zu spielen, aber er tat, als hörte er mich nicht. Er ist feig, grenzenlos feig ist er, und ich hasse ihn, so wie ich ihn damals haßte, als ich ihn unvermutet bei Bibiche traf.

Er begrüßte mich, er lud mich zum Sitzen ein, er

führte das Wort. Das war es, was mich am meisten gegen ihn aufbrachte: Er benahm sich so, als wäre er bei Bibiche zu Hause, als wäre ich sein Gast und nicht der ihre. Außer ihm war noch der Pfarrer da, ein alter Mann mit einem knochigen Gesicht und weißem Haar.

„Sie sehen", sagte der Russe, während Bibiche mir den Tee reichte, „in mir einen Menschen, der einen schweren Tag hinter sich hat – das kann ich wohl sagen, das ist die Wahrheit. Der Baron hat Gäste, Besuch aus dem Ausland, sehr häufig haben wir ausländischen Besuch. Wissen Sie aber, was das für mich bedeutet? Nicht einmal zum Atmen blieb mir die Zeit. – ,Arkadji Fjodorowitsch', sagte der Baron, mein Wohltäter, zu mir, ,kümmern Sie sich ein wenig um den Lunch und das Dinner.' ,Jawohl' – sage ich. ,Ich werde mich kümmern, natürlich werde ich mich kümmern, und den Fischsalat werde ich sogar mit eigenen Händen anrichten, auf das Küchenpersonal verlasse ich mich nicht.' – Aber was geschah? Der Baron, das Väterchen, zog sich mit seinen Gästen zurück, hielt Konferenzen, den ganzen Tag über bekam ich ihn nicht zu Gesicht, alles, die ganze Arbeit überließ er mir. An solchen Tagen, sehen Sie, fühle ich mich genötigt, meinem Großvater beizupflichten, der immer sagte, daß es die Arbeit sei, die den Menschen zum Tier erniedrige. – Als ich diesen Sir Reginald von der Bahn holte –"

„Arkadji Fjodorowitsch!" unterbrach ihn Bibiche. „Sie wissen doch, daß es der Baron nicht liebt –"

„Jawohl, ich weiß es", sagte der Russe. „Wenn Sie die Stirne runzeln, Kallisto, wenn Sie unzufrieden mit mir sind, dann ist es, als ob die Sonne unterginge am klaren Himmel. Ich weiß es, daß die Herren das Inkognito zu wahren wünschen. Aber es gibt doch sicher mehr als ein Dutzend Sir Reginalds in England."

Er wendete sich von neuem an mich.

„Sie sehen mich so prüfend an, Doktor, mit den Augen des Forschers – unheimlich ist es, wie Sie mich ansehen. Sie sagen sich wahrscheinlich: niedere Stirne, vorspringende Backenknochen, ein schwacher Mensch! – Das ist Ihre Meinung, wie? Eitel und wenig verläßlich, denkt nur an sich selbst. Vielleicht war ich einmal solch ein Mensch, Doktor, in früheren Zeiten, als ich noch sorglos war und das Leben liebte. Heute aber? Das Leben war hart zu mir, hat mit Ruten' auf mich losgeschlagen. Ganz anders bin ich geworden. Heute denke ich fast immer nur an die anderen, ganz zuletzt denke ich an mich. So zum Beispiel bedrückt es mich jetzt, es bedrückt mich mehr, als ich sagen kann, daß Sie so mißmutig hier sitzen, nicht einmal Ihren Tee haben Sie getrunken. Kallisto, wir müssen etwas tun, um unsere Gäste zu amüsieren. Arrangieren Sie doch ein Spielchen."

Bibiche streifte mit ihrer Hand die meine und flüsterte mir zu:

„Was ist Ihnen? Sind Sie schlecht gelaunt?"

Praxatin hatte schon die Karten hervorgezogen.

„Hochwürden", sagte er zum Pfarrer. „Eine Partie Trente-et-un, nur des Spaßes halber. Sie schließen sich doch nicht aus? Ich halte die Bank."

„Sind Sie so müde? Oder hatten Sie Ärger?" fragte mich leise Bibiche.

„Mich müssen Sie entschuldigen, ich spiele nicht", erklärte der Pfarrer. „Früher spielte ich manchmal am Abend im ‚Weißen Hirschen' einen Skat mit meinen Bauern und ab und zu mit dem Gutsherrn eine Partie Picket. Aber jetzt –"

„Ich spiele auch Picket", meinte der Russe entgegenkommend.

„Um aufrichtig zu sein – meine Verhältnisse erlauben es mir nicht mehr, mich der Gefahr eines Spielverlustes auszusetzen. Auch nicht, wenn ganz niedrig pointiert wird. Ich muß mit jedem Groschen rechnen."

Der Pfarrer sprach die Wahrheit. Ich hatte schon gehört, daß er aus seinem Einkommen die vielköpfige Familie seines arbeitslos gewordenen Bruders erhielt. Und um dieses Einkommen zu erhöhen, hatte er fast alle Räume des Pfarrhauses Bibiche überlassen und sich in die Giebelkammer zurückgezogen. In dem Zimmer, das Bibiche als Laboratorium diente, sahen ein Kruzifix und eine „Heilige Familie" von der Wand auf Elektronenröhrchen, Lackmuspapier, Wattebäusche und auf mit Gelatine gefüllte Petrischalen herab.

„Sie können mir, Hochwürden, wenn Sie verlieren, einen Bon ausstellen", schlug der Russe vor.

„Das hieße Ihre Güte mißbrauchen", sagte der Pfarrer mit einem leisen Lachen. „Ein Bon, der meine Unterschrift trägt, wäre vielleicht noch weniger wert als das leere Blatt Papier. Nein, ich möchte wirklich nicht spielen."

Der Russe steckte die Karten wieder zu sich.

„Dann nehmen Sie, Hochwürden, wenigstens noch ein Stück von diesem Kuchen", sagte er. „Mit gestoßenem Flieder und gekochten Brombeeren ist er gefüllt. Und auch Sie, Doktor, sollten ihn versuchen. Sie erweisen mir eine Ehre damit. Er ist meine eigene Création, das Werk meiner Hände. Sie müssen wissen, Doktor, wir feiern heute eine Art Gedenktag."

„Jawohl. Ein improvisiertes kleines Fest", bestätigte der Pfarrer.

„Es ist nämlich", fuhr der Russe fort, „heute genau ein Jahr, daß Kallisto hierher in unsere Einsamkeit gekommen ist. Kallisto – als ich Sie zum erstenmal sah, gab ich Ihnen nicht gleich meine Seele hin?"

„Gleich gaben Sie sie", sagte Bibiche, „und sie muß noch unter einer Glasglocke im Laboratorium liegen, wenn sie sich nicht inzwischen verflüchtigt hat."

Es war etwas in ihren Worten, was mich beschämte, mir das Blut zu Kopf trieb. Hatte nicht auch ich ihr, als ich sie zum erstenmal sah, „meine Seele hingegeben"? Vom ersten Tag an hatten alle meine Gedanken unaufhörlich um sie gekreist, das wußte sie, das hatte ich ihr gestanden. Früher hatte ich Stolz und Zurückhaltung gezeigt. Und jetzt? Ganz ohne Mühe, mit ein paar Worten nur, mit einem Blick, den sie mir schenkte, hatte sie meinen Stolz zerbrochen. Sie sah mich wehrlos, das gefiel ihr. Manchmal gefiel es ihr auch, mich glauben zu lassen, daß ich ihr irgend etwas bedeutete. Aber immer nur einen Augenblick lang durfte ich das glauben, dann entglitt sie mir geschickt wie eine Taschenspielerin. Warum durchschaute ich das alles erst jetzt? Mir, nicht dem Fürsten Praxatin, galt ihr Spott.

Ich erhob mich. Eine Welle von Trauer und Erbitterung stieg in mir auf.

„Eine intime Feier also", sagte ich. „Da möchte ich nicht länger mehr stören."

Sie sah mich überrascht und verwundert an.

„Sie wollen gehen? Ja, warum denn? Bleiben Sie doch! Sie können nicht bleiben? Auch nicht, wenn ich Sie darum bitte?"

Ich blieb nicht, ich verabschiedete mich. Mit einer bitteren Genugtuung stellte ich fest, daß Bibiche keinen weiteren Versuch machte, mich zurückzuhalten.

Zu Hause warf ich mich auf das Sofa, alles erschien mir jetzt wieder anders, ich war verstört, ratlos und mit mir unzufrieden. Ich rief mir jedes Wort, das Bibiche gesprochen hatte, ins Gedächtnis zurück, immer wieder von neuem quälte ich mich damit. Mein Kopf schmerzte, vielleicht hatte ich Fieber. – „Und wenn ich Sie darum bitte?" – hatte Bibiche gesagt, und ich war trotzdem gegangen, ich hatte sie beleidigt, vor den Kopf gestoßen. – „Sind Sie schlecht gelaunt?" – Ja, nun ist sie meiner schlechten Laune müde geworden. Wenn ich es nur wieder gutmachen könnte! Wenn ich jetzt gleich zurückginge? Ein paar Blumen – „ich wollte Ihnen nur diese Rosen bringen, Bibiche, weil es doch heute ein Jahr her ist, daß Sie hier sind, nur darum ging ich, aus keinem anderen Grund." – Aber wo gibt es hier Rosen, jetzt im Winter! Dort in der Vase sind künstliche Blumen, sie sind häßlich, verstaubt – warum hat der Baron kein Treibhaus? Wenn er ein Treibhaus hätte statt des Laboratoriums – aber dann wäre Bibiche nicht hier. Flieder, irgendwo habe ich heute Flieder gesehen, weißen Flieder – wo war das? Nein, gestoßenen Flieder, seine Création. Vielleicht meine Seele – wenn ich ihr meine Seele brächte, sie fängt sie mit einer Glasglocke und lacht –.

Es klopfte und ich fuhr zusammen. Der kleine Junge trat ein, der die Milchkannen aus dem Pfarrhaus getragen hatte. Er spähte im Zimmer umher und sah mich auf dem Sofa liegen.

„Einen guten Abend, das schickt Ihnen das Fräulein", sagte er und gab mir einen zusammengefalteten Zettel.

Ich sprang auf und las:

„Sie sind mir böse, und ich weiß nicht, warum. Arme

82

Bibiche! Ich muß Sie sprechen, heute noch. Ich bin zum Dinner beim Baron, erwarten Sie mich um elf Uhr vor dem Parktor. Bestimmt! Früher kann ich nicht kommen."

Das Wort „bestimmt" war ausgestrichen, und statt dessen hatte sie „bitte" hingekritzelt.

Der Nordsturm fegte durch die Straße und blies mir körnigen Schnee ins Gesicht. Ich fror und wartete, eine Viertelstunde lang wartete ich. Es schlug elf Uhr. Ich hörte aus dem Park Geräusche, der Schnee knisterte und knirschte, das Tor wurde geöffnet. – „Wer steht denn da?" rief eine Stimme, und der Lichtkegel einer Taschenlaterne glitt an mir in die Höhe.

„Sie sind es, Doktor? Nächtliche Promenaden in dieser Jahreszeit?" fragte der Freiherr von Malchin.

Neben ihm tauchte Bibiche aus dem Dunkel – eine unglückliche und bestürzte Bibiche. Sie sah mich hilflos an, wie ein Kind, das sich vor Schlägen fürchtet. – „Er hat darauf bestanden, mich zu begleiten, ich kann nichts dafür" – las ich in ihren Augen.

„Kommen Sie, Doktor, wir bringen das Kind nach Hause", sagte der Baron.

Ich war nicht einen Augenblick lang ärgerlich, ich war glücklich, daß ich Bibiche sah und daß zwischen uns alles wieder war wie zuvor. Sie merkte das gleich und schob ihren Arm unter den meinen.

„Sie können recht unausstehlich sein", sagte sie leise, aber in sehr bestimmtem Ton.

Der Baron war auf dem Weg zum Pfarrhaus gesprächig wie immer.

„Ich habe Ihnen noch zu danken, Doktor", sagte er, „dafür, daß Sie mir das kleine Experiment ermöglicht haben."

Ein unangenehmes Gefühl beschlich mich. Er dankte mir, und ich hatte ihm doch mein Wort nicht gehalten – schlimmer noch, ich hatte ihn getäuscht. Vielleicht hätte ich ihm jetzt die Wahrheit sagen sollen, aber ich dachte mir, es sei klüger zu schweigen.

„War der Mann bei Ihnen?" erkundigte ich mich.

„Ja. Er kam zu mir mit Bibelsprüchen, er zitierte das Buch Hiob, den Psalmisten und die Korintherbriefe. Und er klagte sich an, daß er mir Holz aus dem Wald gestohlen und daß er am Weihnachtsabend einen Rehbock geschossen habe."

„Werden Sie die Anzeige gegen ihn erstatten?"

„Wofür halten Sie mich, Doktor! Ich bin doch kein Unmensch. Es war ungefähr das, was ich erwartet hatte. Er kam und beichtete. Ich war nicht ganz sicher, ob der Versuch am Einzelobjekt gelingen würde. Er ist gelungen."

Wir waren schon beim Pfarrhaus angelangt. Bibiche stand an die Tür gelehnt und kämpfte mit dem Schlaf.

„Sind Sie müde?" fragte der Baron.

„Sehr", klagte Bibiche. „Schon im Gehen habe ich geschlafen. Ich bin die schweren Weine nicht so gewöhnt wie –"

Sie zögerte einen Augenblick lang und fuhr dann fort.

„–wie der jüngere Ihrer beiden Gäste."

Der Baron lächelte.

„Sie können ruhig sagen, wen Sie bei mir getroffen haben. Der eine meiner beiden Gäste war früher Gouverneur einer englischen Kronkolonie, heute ist er Privatperson und steht an der Spitze der legitimistischen Bewegung Englands. Und der andere? Die junge Dame, die hier vor uns steht und die Hand vor den Mund hält, damit man nicht merkt, daß sie gähnt – diese junge Dame hat heute, das verschweigt sie Ihnen, mit dem König von England zu Abend gegessen."

„Mit dem König von England?" rief ich verblüfft und sah Bibiche an.

„Ja. Mit Richard XI.", sagte sie. „Ich bin zum Umfallen müde. Gute Nacht."

„Aber der König von England heißt doch nicht Richard XI.?" rief ich.

„Richard XI. aus dem Hause Tudor", erklärte der Baron. „Gegenwärtig Zeichenlehrer an einer Mädchenschule in Sussex. Für die Legitimisten Englands der rechtmäßige König."

Zwölftes Kapitel

Es kann kein Zufall gewesen sein, daß ich damals, als ich aus dem Försterhaus ins Dorf zurückging, am Rand des Kiefernwaldes dem Freiherrn von Malchin begegnete. Es war früh am Vormittag, er hatte gejagt und zwei Birkhühner und einen Habicht geschossen, aber schon damals hatte ich den ganz bestimmten Eindruck, daß er nicht weit von der Stelle, wo der Fußweg den Wald verläßt, auf mich gewartet hatte. Ich weiß heute, um was es ihm ging: Je mehr sich seine Untersuchungen ihrem Abschluß näherten, desto stärker wurde in ihm der Drang, sich mitzuteilen. Es gibt ein seelisches Gleichgewicht, das gefährdet wird, wenn man sich selbst zum Schweigen verurteilt. Der Baron mußte sprechen.

Ein Jahr hindurch hatte er sein Geheimnis mit Bibiche geteilt, die seine Mitarbeiterin war, über manches mochte er in früheren Zeiten wohl auch mit dem Pfarrer gesprochen haben. Der Pfarrer hatte ihn enttäuscht. Der Baron fand bei dem alten Mann einen stillen Widerstand, den er nicht zu überwinden vermochte. Er suchte einen Menschen, vor dessen Augen er das gewaltige Gebäude seiner Pläne und Gedanken von neuem erstehen lassen konnte. Zu mir, dem Sohn seines verstorbenen Freundes, hatte er vom ersten Tag an Vertrauen gefaßt.

Ich trat aus dem Wald und stand unter einem klaren, blaßblauen Himmel. Die Eisnadeln auf den Zweigen der Kiefern flimmerten im Licht einer bleichen Sonne. Vom Dorf her, dessen roten viereckigen Kirchturm man noch nicht sah, kam verlorenes Hundegebell.

Der Baron erblickte mich und kam mit dem Jagdgewehr in der Hand über die Moorwiesen auf mich zu.

„Guten Morgen, Doktor!" begrüßte er mich. „Gehen Sie hier nicht weiter, Sie werden gleich bis zu den Knien im Schnee stecken. Kommen Sie, ich führe Sie einen besseren Weg."

Er sprach zuerst von seinen Gästen, die am Tag zuvor abgereist waren – ich hatte sie nur einmal flüchtig zu Gesicht bekommen –, und dann von der Jagd. Eine Zeitlang war nur von Kurzhaarrüden und Pirschgängen, vom Rehbock und vom schottischen Moorhuhn die Rede. Ich weiß nicht mehr recht, wieso wir dann auf das Gebiet der Politik gerieten.

Der Freiherr von Malchin bekannte sich als Anhänger der Monarchie und als Verfechter der Legitimität, die er als Bindung an einen höheren Willen definierte. Die Vorsehung – erklärte er – sei in der Vererbung wirksamer als im Willen des Volkes – wenn es so etwas wie den Willen des Volkes überhaupt gäbe, was man ihm, dem Baron, erst beweisen müßte. Die Monarchie bedurfte für ihn keiner soziologischen Rechtfertigung aus unserer oder aus irgendeiner Zeit. Sie war nicht zeitgebunden, sie war für ihn auch nicht etwa die bessere Staatsform, sondern einfach die einzig berechtigte. Der Glaube an sie war ein Bestandteil seiner Religion.

Das waren Anschauungen, die sich vertreten ließen und die mich, da sie aus dem Mund eines Landedelmannes kamen, auch nicht sonderlich überraschten. Dann aber sagte er leichthin, als wäre es etwas Selbstverständliches und mir längst Bekanntes:

„Wenn Deutschland, wenn Europa eine Zukunft hat, so ist sie verknüpft mit dem Kaisertum von Gottes Gnaden und mit der Wiederkehr des Römischen Reiches Deutscher Nation."

„Was sagen Sie da?" rief ich ganz verblüfft. „Sie träumen von einer Wiederaufrichtung des Heiligen Römischen Reiches Deutscher Nation? War es nicht Jahrhunderte hindurch das Gespött der Welt?"

Er gab das zu.

„Jawohl, Jahrhunderte hindurch oder, um es besser auszudrücken, unter der Herrschaft des Hauses Habsburg war es das Gespött der Welt. Es hatte unter der Herrschaft dieses Hauses seinen Sinn, seinen Inhalt, seine Kraft verloren. Es kann nur wiederkehren unter einer Dynastie, die die Vorsehung berufen und die Geschichte geheiligt hat."

„Sie glauben also, daß, wenn die Hohenzollern wiederkommen –"

„Die Hohenzollern?" unterbrach er mich. „Wohin verirren sich Ihre Gedanken, Doktor? In ihrem eigenen Land waren sie Fremde, die Markgrafen von Brandenburg und Könige von Preußen. Das Kaisertum der Hohenzollern ist eine abgeschlossene Episode in der Geschichte Deutschlands. Die Hohenzollern? Mein Verhältnis zu dem letzten Träger der Kaiserkrone war immer nur das eines rein persönlichen Attachements."

Er blieb stehen und horchte auf den heiseren Schrei eines Nußhähers, der von fernher aus dem Wald kam. Und dann fuhr er fort, leise, als spräche er zu sich und nicht zu mir:

„Das alte Reich voll Traum und Lied – haben Sie vergessen, daß es unter den Staufern das Herz der Welt war? Die Staufer waren nicht Könige von der Fürsten Gnade."

„Nein", sagte ich, indes wir weitergingen. „Aber die Staufer sind tot. Ihr Geschlecht, das einzige wahrhaft kaiserliche, das die Welt seit den Tagen des Augustus gesehen hat, ist erloschen."

„Das Geschlecht der Staufer ist nicht erloschen", sagte der Baron nach kurzem Schweigen. „Es lebt, und eines Tages wird es, seiner Bestimmung gemäß, nach der Krone und dem Mantel greifen, auch wenn man diese heiligen Insignien inzwischen nach Amerika verschachert haben sollte."

Ich sah ihn an. Sein Gesicht zeigte wieder den leidenschaftlichen und fanatischen Ausdruck, den ich an ihm kannte. Es konnte gefährlich sein, jetzt mit ihm anzubinden. Dennoch sagte ich:

„Jetzt frage ich Sie, Baron: Wohin verirren sich Ihre Gedanken? Es mag irgendwo in England noch einen Tudor geben. Aber das Geschlecht der Staufer ist vor mehr als sechshundert Jahren untergegangen in einem Meer von Blut und Tränen. – ‚Jubeln sollen die Himmel', – verkündete der Papst – ‚frohlocken soll die Erde, daß ausgerottet ist Name und Leib, Samen und Sproß des

Königs von Babylon.' Der König von Babylon, das war Friedrich II., der Sohn Heinrichs und der Konstanze, der letzte Staufer, der die Kaiserkrone trug."

„Friedrich II.," wiederholte der Baron, „den man das Staunen der Welt und ihren wunderbaren Verwandler nannte. Um seinetwillen verließ Konstanze das geliebte Kloster. Ein Traum hatte ihr verkündet, daß sie ‚den feurigen Brand, die Leuchte der Welt, den Spiegel ohne Sprung' gebären werde. Die Fürsten des Erdenrunds beugten sich vor ihm. Als er starb, da war der Welt die Sonne untergegangen – sagt der Chronist, und das Volk entrückte ihn in den Kyffhäuser. Er hatte fünf Söhne."

„Ja. Fünf Söhne. Heinrich, der Sohn der Isabella von England, starb mit fünfzehn Jahren. Der andere Heinrich, der Sohn der Prinzessin von Aragon, endete durch Selbstmord."

„Heinrich, der das Reich verriet", sagte der Baron, „der Knabe mit den dunklen Locken, der in seinem Kerker morgens sang und abends weinte. Er sprang von der Mauer des Kerkers ins Meer."

„Der dritte Sohn", fuhr ich fort, „Konrad, der römische König, starb mit sechsundzwanzig Jahren an der Pest."

Der Baron schüttelte den Kopf.

„Er starb durch Gift und nicht an der Pest. In seinen letzten Stunden sah er die Zukunft. – ‚Das Reich welkt dahin' – sagte er – ‚und wird versinken in des Todes Vergessenheit.' – Welch eine Prophezeiung!"

Wir gingen über ein Stoppelfeld, die starr gefrorenen Halme klirrten wie Glas unter unseren Füßen. Irgendein großer Vogel stieg steil vor uns auf, mit breiten Flügelschlägen verschwand er über dem verschneiten Wald.

„Des Kaisers vierter Sohn", unterbrach ich das Schweigen, „war Manfred. In der Schlacht bei Benevent fand er den Tod."

„Manfred, der über seinen Liedern sein Königreich vergaß", sagte der Baron. „Sie sangen alle, die Staufer. Nach Tagen erst fand man seinen Leichnam unter den vielen Toten des Schlachtfelds, man erkannte ihn an den blonden Haaren und an der Haut, die so weiß wie Schnee war. ‚Biondo e bello e di gentile aspetto' – so hat ihn Dante beschrieben, und im Purgatorium läßt er ihn lächelnd seine Wunden zeigen und über die Rachsucht des Papstes klagen, der ihm das Grab unter der Brücke von Benevent mißgönnte. Zwei Söhne hinterließ Manfred, die waren blond wie er, und sie starben in den Kerkern Karls von Anjou, nachdem sie dreißig Jahre lang in Ketten gelegen waren."

„Und Enzio", schloß ich, „des Kaisers liebster Sohn, starb in der Gefangenschaft der Bologneser. Der Kaiser hatte ihnen als Lösegeld einen ‚Ring von Silber rings um die Stadt' geboten und sie an das launische Glück erinnert, das oft die Menschen in die Höhe hebt, um sie zuletzt im Sturze zu zermalmen. Aber die Bologneser gaben den Kaisersohn nicht frei. – ‚Wir halten ihn und wir werden ihn halten', gaben sie zur Antwort, ‚und oft schon hat ein kleiner Hund den Eber gepackt' –. Um zwei Jahre überlebte Enzio seinen Neffen, den jungen Konradin, der auf dem Marktplatz von Neapel hingerichtet wurde. Er war der letzte Staufer."

„Nein", sagte der Baron. „Enzio war nicht der letzte des strahlenden Geschlechts. Schön und voll Anmut auch im Untergang fand er im Kerker eine Geliebte. Die jüngste Tochter des ghibellinischen Grafen Niccolo Ruffo teilte heimlich mit ihm sein Bett. In einer Nacht im Karneval, als seine Wächter sich in den Straßen vergnügten, wurde sie ihm angetraut. Drei Tage später starb er, und sie verließ die Stadt. In Bergamo brachte sie den Knaben zur Welt."

Wir standen mit einem Male vor dem Parkgitter, ich sah die Strohhüllen der Rosenstöcke, den Ziehbrunnen, die Terrasse und das blaue Schieferdach des Herrenhauses. Ich war erstaunt darüber, denn ich konnte mich nicht daran erinnern, wie wir in das Dorf gekommen waren.

Wir mußten warten. Zwei mit Dung beladene Ochsenkarren hatten sich ineinander verkeilt und versperrten den Weg. Die Räder kreischten, die Ochsen brüllten, die Kutscher fluchten, und in all dem Lärm sprach der Freiherr von Malchin weiter:

„Der Papst wußte von dem Sohn des Enzio. – ‚Aus Barmherzigkeit und christlicher Liebe wollen wir seiner nicht gedenken' – sagte Clemens IV. In Bergamo lebten sie, die Staufer, durch die Jahrhunderte – verborgen und in Armut. Sie vererbten das Geheimnis ihrer Herkunft von Geschlecht zu Geschlecht zugleich mit den beiden Heften, in die der König Enzio seine Lieder und Romanzen geschrieben hatte. Der Mann, den ich vor elf Jahren in Bergamo suchte und fand, besaß sie. Er brachte sich als Tischler fort, und da er arm war, überließ er mir seinen Sohn, und ich nahm ihn mit mir."

Über die beiden Düngerwagen hinweg wies der Freiherr von Malchin auf die rötlichen Sandsteinmauern, an denen die kahlen Ranken des wilden Weines in die Höhe kletterten.

„Sehen Sie das Haus? Das ist der Kyffhäuser, dort lebt und wartet der heimliche Kaiser. Ich bereite ihm den Weg. Und eines Tages werde ich der Welt die Worte sagen, die einst der sarazenische Diener Manfreds den Bürgern der rebellischen Stadt Viterbo zurief: ‚Öffnet die Tore! Öffnet die Herzen! Seht, euer Herr, der Sohn des Kaisers, ist gekommen!'"

Der Freiherr von Malchin schwieg und blickte den beiden Ochsenkarren nach, die endlich voneinander losgekommen waren und sich knarrend die Dorfstraße hinabbewegten. Dann sagte er, ohne mich anzusehen, mit einem scheuen und verlegenen Lächeln und in gänzlich verändertem Ton:

„Sie finden ihn drüben im Gartenpavillon, dort arbeitet er. Um diese Zeit hat er gewöhnlich französische Lektion."

Dreizehntes Kapitel

Ich habe lange darüber nachgedacht, was damals in mir vorgegangen sein mag, als mir der Freiherr von Malchin auf der Dorfstraße seine erstaunlichen Pläne enthüllte. Es scheint, daß ich, nachdem er mich verlassen hatte, anfangs völlig unter dem Bann des Gehörten stand, ich spürte hinter seinen Worten einen ungewöhnlich starken Willen, und schon damals muß ich dunkel gefühlt haben, daß sich dieser Wille auf irgendwelche reale, aber mir nicht bekannte Kräfte oder Fähigkeiten stützte. Den Eindruck eines Phantasten machte der Baron mir nicht einen Augenblick lang, im Gegenteil, ich hatte das Vorgefühl einer Gefahr, die von ihm ausging und mich und die Welt, in der ich bis nun gelebt hatte, bedrohte. Dieses Gefühl der Beunruhigung wurde dann zum Teil verdrängt durch Zweifel und Widerstände, die sich in mir regten, und eine Zeitlang war mein Gehirn der Tummelplatz wirrer, absurder und einander widersprechender Vorstellungen und Gedanken – ich spürte deutlich, daß ich Fieber hatte.

Der Entschluß, den ich dann faßte, war ein Versuch, diesen Gedanken zu entrinnen. Während ich zerstreut und fahrig nach dem Thermometer suchte – ich zitterte vor Kälte, obwohl im Kamin ein Feuer brannte –, kamen mir plötzlich die Worte in Erinnerung, die der Schullehrer am Tag nach meiner Ankunft in Morwede zu mir gesprochen hatte. – „Sie sind zu leichtgläubig", hörte ich ihn sagen. – „Wenn Sie über irgendeinen hier im Dorf die Wahrheit erfahren wollen, dann kommen Sie zu mir." –

Da litt es mich nicht länger in meinem Zimmer, ich mußte zu ihm und mit ihm sprechen. Auf der Straße fragte ich nach seiner Wohnung. Ein kleines Mädchen zeigte mir das Haus.

Auf der Treppe kam er mir entgegen im Radmantel und mit seinem grünen Filzhut.

„Da ist er ja, der Doktor!" rief er mit überlauter Stimme. „Treten Sie näher, Verehrtester, treten Sie näher! Seit zwei Tagen erwarte ich Sie. Nein, Sie halten mich nicht auf, durchaus nicht. Heute ist Sonntag, da kann ich mir meine Zeit einteilen, wie es mir beliebt. Dagobert, wir haben Besuch! – Ich wußte, daß Sie kommen würden."

Er ergriff meine Hand und zog mich in ein Zimmer, in dem es nach Spiritus und durchnäßtem Loden roch. Ein Herbarium lag aufgeschlagen auf dem Tisch zwischen allerlei Algen, Flechten und Moosen. Unter dem Sofa sah ein gußeiserner Stiefelzieher in Gestalt eines Hirschkäfers hervor. Auf der Kommode standen, in zwei Reihen geordnet, Spiritusgläser mit den eßbaren und giftigen Pilzen der Gegend. Ein junger Igel leckte Milch aus einer Steingutschüssel.

„Das ist Dagobert", sagte der Schullehrer. „Mein einziger Freund seit dem Hingang Ihres unvergeßlichen Vorgängers. Ein stachliger kleiner Geselle, aber man muß ihn nur kennen. Wir sind einander ähnlich, nicht wahr, Dagobert und ich."

Er machte einen Sessel, auf dem ein Pflanzenstecher, eine Pinzette, ein in Zeitungspapier gewickeltes Stück Wurst und eine Kleiderbürste lagen, für mich frei und nötigte mich zum Sitzen.

„Es gibt also Neuigkeiten, wie?" begann er. „Vermutlich geben Ihnen die erlauchten Gäste, die unser Dorf beehrt haben, zu denken – nicht wahr, ich habe es erraten. War vielleicht ein Vertrauensmann des Quai d'Orsay in halboffizieller Mission unter ihnen? Ist er hier mit einem Abkömmling der Jagellonen zusammengetroffen, der seine Ansprüche auf den Thron von Polen geltend macht? Oder war es ein dicker, nicht sehr sauberer Levantiner, der in direkter Linie vom byzantinischen Kaiserhaus abstammt? Ja, Verehrtester, das alles gibt es, warum sollte es das nicht geben? Vor vier Monaten war einer hier, der sah aber nicht sehr kaiserlich aus, sondern eher wie ein orientalischer Geldwechsler. War es ein anderer diesmal? Nicht Alexius VII.? Nun, deswegen kann es ja doch vielleicht der richtige Alexius gewesen sein, es gab ja mehrere Kaiserhäuser in Byzanz: die Komnenen, die Angeli – "

„Sagen Sie mir, um Gottes willen, was bedeutet das alles?" unterbrach ich ihn.

Er hatte eine Moospflanze unter der Lupe und begann, mit einem Messerchen und einer Nadel die Sporen freizulegen.

„Ich gebe zu, daß das alles einigermaßen verwirrend für Sie sein muß", sagte er, ohne von seiner Arbeit aufzublicken. „Wenn man aber ein wenig hinter die Dinge schaut –. Nehmen Sie also beispielsweise an, daß ein gewisser Jemand früher einmal ein sehr bewegtes Leben geführt hat, vielleicht – ich sage ausdrücklich vielleicht – hat er seine besonderen Neigungen gehabt, und da ist er mit allerlei Leuten in Verbindung gekommen, und die tauchen jetzt der Reihe nach auf und verlangen für ihr Schweigen Geld. Manche sehen so aus, daß man sie für Gentlemen halten könnte – das sind dann gewöhnlich geheime Emissäre, Staatsmänner, Politiker –, aber es kommen auch fragwürdige Gestalten, mit denen man sich eigentlich nicht sehen lassen dürfte – da läßt man eben durchsickern, daß das die Abkömmlinge von Kaisern und Königen sind, die heute in dürftigen Verhältnissen leben. Dann gibt es wichtige Beratungen, geheime Konferenzen – das klingt jedenfalls bedeutsamer und viel besser, als wenn man einfach zugeben müßte, daß man dunklen Ehrenmännern in die Hände gefallen ist, die einem das Geld in Fudern aus dem Haus schleppen."

„Sagen Sie – ist das alles wahr, was Sie mir da erzählen?" fragte ich betroffen.

Der Schullehrer sah mich über seine Brillengläser hinweg an.

„Nein", sagte er. „Das sind nur Erfindungen für leichtgläubige Leute, und zu denen gehören Sie ja nicht. Sie müssen mir also wirklich nicht glauben. Auch nicht, daß der Herr Baron alle Jahre ein Stück Feld oder eine Waldparzelle verkaufen muß. Alles nur Scherz, Verehrtester, alles nur Übermut und Frohsinn. Und wenn etwa nächste Woche ein Nachkomme des Gotenkönigs Alarich herkommt –. Da sehen Sie: mein Dagobert ist auch aus einer uralten Familie, schon in der Tertiärzeit waren seine Ahnen bei uns zu Hause, aber er droht mir nicht, er verlangt nichts von mir – nur ein wenig Milch will er und ein wenig Freundschaft. Nicht wahr, Dagobert?"

Eine Weile hindurch beobachtete er den Igel, der die Milchschüssel geleert hatte und nun ein Stück Wursthaut, das auf dem Boden lag, beschnupperte. Dann fuhr er fort:

„Ja – und über diesen Federico machen Sie sich wahrscheinlich auch Ihre Gedanken. Das ist nun wieder ein anderes Kapitel. Daß er ein unehelicher Sohn des Herrn Barons ist, das werden Sie schon erraten haben – jedermann im Dorf weiß es. Nur, wer seine Mutter ist, darüber gehen die Meinungen auseinander. Es gibt Leute, die behaupten, daß er der Sohn einer verstorbenen Schwester des Herrn Barons ist. Ich identifiziere mich durchaus nicht mit dieser Meinung. Aber der Junge gibt ihm was aufzulösen! Er ist frühreif und in das kleine Mädchen verliebt, in die Elsie. Verstehen Sie nun, warum der Herr Baron das Kind aus dem Hause geben mußte? Geschwisterliebe! Woher der Junge das nur haben mag! Ja, unser Freund, der Herr Baron, hat so seine Sorgen."

Und ohne mir Zeit zu lassen, mir über das, was ich da gehört hatte, klar zu werden, sprach er weiter.

„Und dann diese sogenannte Assistentin! Wer lacht da nicht? Das Laboratorium ist natürlich nur ein Vorwand. Aber daß der Herr Baron sie im Pfarrhaus untergebracht hat, ist eine besondere Pikanterie. Sehr schlau, das muß ich schon sagen, beinahe zu schlau. Für wen er sie eigentlich aus Berlin geholt hat, ob nur für sich oder auch für seinen sonderbaren Freund, diesen russischen Fürsten, von dem niemand weiß, wozu er eigentlich da ist – das lasse ich dahingestellt. Vielleicht sind die beiden im Einverständnis, es gibt ja Naturen, die einander nichts mißgönnen. Es kann auch sein, daß der Herr Baron der Dupierte ist. Tatsache ist, daß der Herr Pfarrer beide Augen zudrückt bei den Dingen, die in seinem Hause vorgehen."

Was der Schullehrer noch weiter sagte, weiß ich nicht

mehr. Meine Erinnerung wird hier verschwommen. Ich kann nur annehmen, daß ich Haltung bewahrt habe und daß ich ihn nicht merken ließ, wie es in mir aussah. Dunkel entsinne ich mich, daß ich ein dickes Schreibheft durchblättern mußte, was es enthielt, weiß ich nicht, es ist möglich, daß er mich seine Gedichte lesen lassen wollte. Auch ein Buch mit Abbildungen von Moosen und Flechten hielt ich in der Hand. Es scheint, daß er dann mit mir zugleich das Haus verlassen und mich ein großes Stück Wegs begleitet hat, denn ich sehe ihn auf der Landstraße, wie er grüßend seinen Filzhut schwenkt und sich dann sehr eilig nach dem Dorf zu entfernt, als hätte er plötzlich Angst vor mir bekommen.

Ich muß dann wohl einige Zeit allein im Freien umhergeirrt sein. Wozu ich die Kieselsteine zu mir gesteckt habe, die sich abends in meinen Taschen vorfanden, weiß ich nicht. Vielleicht um einen Hund zu verscheuchen, der mir auf der Landstraße nachlief. Irgendwo habe ich meinen Hut und in der Nähe des Fischteichs auch meinen Mantel liegengelassen. Dort fand ihn am nächsten Tag die Tochter des Gastwirts, die in ihrem Korbwagen zur Bahnstation fuhr.

Wie ich dann in meinem dünnen Rock ins Dorf zurückkam, davon ist keine Spur in meinem Gedächtnis zurückgeblieben. Meine Erinnerung wird erst wieder klar von dem Augenblick an, da ich im Laboratorium stand.

Aus dem Nebenzimmer kam durch die offene Türe die Stimme Bibiches.

„Gleich dürfen Sie herein. Drehen Sie sich nicht um! Wie spät ist es eigentlich und überhaupt, wie ist das? Warum klopft man nicht an?"

Vierzehntes Kapitel

Sie kam mir entgegen in einem Kimono aus gelber chinesischer Seide und in roten seidenen Pantöffelchen und mit einem Lächeln, das zu fragen schien: Gefalle ich dir in diesem Kimono? – Sie sah mich an, und das Lächeln blieb noch sekundenlang wie erstarrt in ihrem schönen, klaren Gesicht, das jetzt den Ausdruck von Beunruhigung zeigte.

„Woher kommen Sie?" fragte sie. „Warum sehen Sie mich so an? Was ist geschehen?"

„Es ist nichts geschehen", sagte ich, und ich fand nur mühsam die Worte, und meine Stimme klang mir fremd im Ohr. „Ich war fort, spazieren war ich, irgendwo draußen, und jetzt bin ich gekommen, um Sie etwas zu fragen."

Sie sah mich forschend an.

„Nun? Fragen Sie! Wie Sie aussehen! – Setzen Sie sich doch!"

Sie legte ein Kissen auf den Fußboden und darauf ein zweites, und dann kauerte sie sich nieder, ihre Arme umschlossen ihre Knie, ihr Gesicht war mir zugewendet.

„Warum setzen Sie sich nicht? So und jetzt sprechen Sie. Eine kleine halbe Stunde lang bin ich frei."

„Eine kleine halbe Stunde lang", wiederholte ich. „Und dann? Wer kommt dann? Der Baron oder der russische Fürst?"

„Der Baron", gab sie zur Antwort. „Aber ist das nicht gleichgültig?"

„Jawohl", sagte ich. „Es ist gleichgültig. Alles ist mir gleichgültig, jetzt da ich weiß –"

Sie hob ein wenig den Kopf.

„Nun, was wissen Sie?"

Ihr ruhiger Blick verwirrte mich.

„Ich weiß genug", stieß ich hervor. „Für mich ist es genug. Er kommt am Nachmittag, und er kommt am Abend, und er bleibt bis drei Uhr morgens –."

„Das stimmt", sagte sie. „Sie sind gut unterrichtet. Ich gehe viel zu spät zu Bett, und ich brauche doch den Schlaf. Arme Bibiche! – Ist das alles? Also eifersüchtig auf den Baron. Ich gebe zu, daß mich das freut, es scheint, daß der Herr mich wirklich ein wenig gerne hat. Gesagt hat der Herr es mir niemals, und wir kennen einander doch schon so lange – dafür war der Herr manchmal recht häßlich zu mir. Aber das ist verziehen, Bibiche hat ein großes Herz. Der Herr liebt mich also –."

„Jetzt nicht mehr", sagte ich, erbittert über den spöttischen Ton, den sie anschlug.

„Wirklich?" meinte sie. „Ganz aus? Das ist schade. Geht es bei Ihnen so rasch vorüber?"

„Bibiche!" rief ich verzweifelt. „Warum quälen Sie mich? Sie machen sich lustig über mich. Sagen Sie mir doch endlich die Wahrheit, und ich gehe."

„Die Wahrheit?" fragte sie jetzt wieder völlig ernst. „Nein – ich weiß wirklich nicht, woran Sie jetzt denken. Ich war immer aufrichtig mit Ihnen – vielleicht zu aufrichtig. Das darf eine Frau niemals sein."

Ich sprang auf.

„Soll denn das so weitergehen? Ich ertrage es nicht länger. Glauben Sie, ich weiß es nicht, daß alles nur ein Vorwand ist, die Arbeit und das dort", – ich wies auf die offene Tür des Laboratoriums – „und daß er Sie den Leuten gegenüber als seine Assistentin ausgibt und in Wirklichkeit –"

„Nun? Sprechen Sie es nur aus! In Wirklichkeit bin ich seine Geliebte. Das wollten Sie doch sagen?"

„Ja. Seine, oder die des Fürsten Praxatin."

Sie hob den Kopf und sah mich an, fassungslos, mit großen, erschreckten Augen. Dann sank sie in sich zusammen.

„Praxatins Geliebte", flüsterte sie. „Du lieber Gott! Du lieber Gott!"

Sie stand auf und schleuderte die Kissen auf das Sofa.

„Die Geliebte dieses Tölpels, dieses Bären! Und das alles ist nur ein Vorwand, die Arbeit, das Laboratorium, der Muttergottesbrand! – Sagen Sie mir nur das Eine:

Wie sind Sie auf diesen Gedanken gekommen? – Nein! Sagen Sie nichts, ich brauche keine Antwort, ich will nichts hören, schweigen Sie, ich bitte Sie darum. Ich möchte nur wissen, woher Sie den Mut genommen haben, mir das zu sagen, dazu gehört doch ein Mut, und woher Sie das Recht genommen haben –"

„Ich bitte um Verzeihung", sagte ich. „Ich hatte wirklich kein Recht, bei Ihnen einzudringen, Ihre Zeit zu stehlen und Ihnen mit Vorwürfen lästig zu fallen. Das ist mir jetzt klar. Und wenn Sie die Güte haben, meine Entschuldigung anzunehmen, dann kann ich gehen."

„Ja", sagte sie. „Ich glaube, es ist vielleicht besser, wenn Sie jetzt gehen."

Ich verbeugte mich.

„Ich werde heute noch den Herrn Baron um meine Entlassung bitten."

Dann ging ich, Trauer und Verzweiflung schnürten mir die Kehle zu. Ich war schon bei der Türe, da sagte sie leise:

„Bleiben Sie."

Ich hörte nicht darauf.

Sie stampfte mit dem Fuß.

„So bleib doch!"

Ich war im Laboratorium, als sie mich rief. Ich blieb stehen, aber nur eine Sekunde lang, ich ging, ohne mich umzusehen, weiter – da stand sie auch schon neben mir.

„Hörst du denn nicht? Du sollst bleiben! Glaubst du, ich könnte das Leben hier noch ertragen ohne dich?"

Sie faßte meine Hände an den Gelenken.

„Hör zu", sagte sie. „Was immer in meinem Leben war – geliebt habe ich nur einen einzigen Mann, und der wußte es nicht oder wollte es nicht wissen, und er glaubt mir auch jetzt nicht. Ich war in Berlin – weißt du, was dort mein erster Weg war? Ich ging ins Institut und fragte nach dir. Schau mir doch ins Gesicht! Sehe ich aus wie eine, die lügt? Nicht einmal verstellen kann ich mich."

Sie ließ meine Hände los.

„Ganz blaß warst du, als du ins Zimmer kamst, totenblaß – warum habe ich dir das alles nicht gleich gesagt! Du glaubst mir noch immer nicht? Du wirst mir sehr bald glauben. Ich komme zu dir – verstehst du mich? Vielleicht wäre es besser gewesen, du hättest mir Zeit gelassen. Aber ich will nicht, daß du dich noch länger mit solchen Gedanken quälst. In zwei Tagen bin ich bei dir – glaubst du mir endlich? Um neun Uhr, da schläft schon alles hier im Dorf. Du hast nichts zu tun, als dafür zu sorgen, daß die Haustüre nicht versperrt ist. So und jetzt geh – nein, bleib noch!"

Sie schlang beide Arme um meinen Hals und küßte mich. Ich riß sie an mich.

Irgend etwas zerbrach klirrend am Boden. Es war mir, als stiege ich aus irgendeiner Tiefe empor, immer rascher und rascher, zuletzt mit rasender Geschwindigkeit, aber nicht aufrechtstehend, sondern liegend, ausgestreckt, und dann hörte ich eine Stimme, die Stimme eines Mannes:

„Zu dumm! Wie kann man nur so ungeschickt sein."

Wir fuhren auseinander.

„Wer ist denn da?" rief ich erschrocken. „Sind wir denn nicht allein?"

Bibiche sah mich lachend und verwundert an.

„Was hast du denn? Wer soll denn hier sein? Niemand ist da, glaubst du, ich lasse mich vor Publikum küssen? Du bist hier, und ich bin hier – ist dir das nicht genug?"

„Aber es hat doch jemand gesprochen, ganz laut. Ich habe irgend jemanden reden gehört."

„Du", sagte sie, „hast gesprochen – weißt du denn das nicht? – ‚Wie kann man nur so ungeschickt sein‘ – hast du gesagt, du selbst, ja, – daß du das nicht weißt! Bist du denn so herunter mit deinen Nerven? Da, schau, was wir angerichtet haben."

Sie deutete auf den Fußboden, auf dem die Glasscherben lagen.

„Kein großes Unglück", meinte sie. „Es ist nur eine Schale mit Bouillon und Agar-Agar, künstlicher Nährboden. Aber man soll sich in einem Laboratorium nicht küssen, merk dir das. Wenn wir das Glas dort mit den Kulturen hinuntergeworfen hätten – nicht auszudenken. Nein – laß die Scherben, ich räume sie schon fort."

„Bibiche", fragte ich, „wo ist der Muttergottesbrand?"

Sie sah mich überrascht an.

„Was weißt du denn vom Muttergottesbrand?"

„Nichts", gab ich zur Antwort. „Ich habe dieses Wort von dir gehört, und es will mir nicht aus dem Kopf gehen. Du sprachst von deiner Arbeit und vom Muttergottesbrand."

Sie hatte es plötzlich eilig, mich aus dem Laboratorium fortzubringen.

„So? Tat ich das? Ich weiß nicht, ob ich davon sprechen darf. Es ist auch schon spät – Liebster, du mußt gehen. Hast du keinen Hut? Wo ist dein Mantel? Ohne Mantel bei dieser Kälte – das ist doch ein Leichtsinn! Man muß wirklich auf dich achtgeben."

An diesem Tag stand ich, als es zu dunkeln begann, am Fenster meines Arbeitszimmers und sah auf die Dorfstraße hinab.

Der Schnee rieselte. Dünn, leicht und lautlos glitten die Flocken nieder. Die Dinge verloren ihre Umrisse, wurden geisterhaft und fremd.

Ein Schwarm Krähen erhob sich kreischend von einem Ebereschenbaum, und gleich darauf kam ein Jagdschlitten in rascher Fahrt die Straße herab. Federico lenkte ihn. Ich erkannte ihn erst, als er sich im Vorüberfahren halb erhob und mir grüßend sein Gesicht zuwendete.

Als er vorbei war, hatte ich nicht mehr sein knabenhaftes Gesicht vor Augen, sondern wieder jenes gotische Relief aus dem Trödelladen in Osnabrück, das mich nicht los ließ. Ich weiß nicht, wie es kam, aber plötzlich wußte ich, was ich so lange in meiner Erinnerung gesucht hatte: woher ich diesen marmornen Kopf und sein entrücktes Lächeln kannte. Mit der Kraft eines Erlebnisses kam mir die Erkenntnis: Dieser Kopf war das Bruchstück einer schlechten Nachbildung jenes gewaltigen Reliefs aus dem Dom von Palermo, das den letzten Hohenstaufenkaiser in seiner Glorie als Cäsar und als Triumphator zeigt.

Da fiel das Lügengewebe, das der Schullehrer so kunstvoll aufgerichtet hatte, in sich zusammen, leicht und lautlos wie der Schnee, der von den Dächern glitt. Befreit von einem Alpdruck atmete ich auf. Erlogen war alles, was er mir von Bibiche, vom Baron und von Federicos Herkunft gesagt hatte. Denn Federico trug in seinem Knabenantlitz die furchtbaren und erhabenen Züge Friedrichs II., seines großen Ahnen, der das Staunen der Welt und ihr wunderbarer Verwandler gewesen war.

Die Sonne ging unter hinter schweren, dunklen Wolken, die leuchteten auf in Violett und Scharlachrot, in Schwefelgelb und kupfernem Grün, sie sahen aus, als stünden sie in Flammen. Nie zuvor hatte ich solche Farben am Firmament gesehen. Und ein sonderbarer Gedanke bemächtigte sich meiner, es schien mir, als wäre dieses Lodern und Leuchten, dieses jähe Aufflammen und Verglühen am abendlichen Himmel ein Spiel Bibiches, das hieß der Muttergottesbrand, und als käme es nicht von der sinkenden Sonne, sondern von unten, von ihr, aus dem kleinen, halbdunkeln Zimmer kam es, in dem sie mich geküßt hatte.

Fünfzehntes Kapitel

Die Unterredung, durch die ich endlich Klarheit über das erhielt, was der Baron die Arbeit seines Lebens nannte, nahm ihren Ausgang von einem Gespräch, das er mit dem Pfarrer führte, und von einem Wort, das Bibiche in die Debatte warf. Wir saßen in der Halle des Herrenhauses, die als Bauernstube eingerichtet war. Ich sehe diesen Raum noch deutlich vor mir: die Eichentruhen, die buntbemalten Stühle rings um den massiven Tisch, den holzgeschnitzten Ecce-Homo beim Treppenaufgang, die Zinnteller an den Wänden und beim Kamin die breite „Räkelbank", die man in den westfälischen Bauernstuben nur noch selten findet. Der Pfarrer hatte ein Weinglas vor sich stehen, wir andern tranken Whisky. Bibiche stützte den Kopf auf den Rücken ihrer linken Hand und warf geometrische Figuren auf ein Blatt Papier, Spiralen, kleine Kreise und Rosetten. Der Fürst Praxatin saß ein wenig abseits und legte Patiencen.

Ich weiß nicht, wie das Gespräch begann. Ich war in meine eigenen Gedanken eingesponnen und hatte nicht zugehört. Bibiche sah so fremd an mir vorüber, wenn sie von ihrem Zeichenblatt aufblickte. Dachte sie noch an das Versprechen, das sie mir tags zuvor gegeben hatte, oder war es nur die flüchtige Laune eines Augenblicks gewesen? Ich wollte Gewißheit haben. Über den Tisch hinweg fragte ich sie, ob sie morgen um neun Uhr im Laboratorium sein werde. Sie hob, ohne aufzuschauen, die Schultern und senkte sie wieder. Dann zeichnete sie statt der Kreise und Spiralen kunstvoll und mit vielen Ornamenten die Ziffer neun auf das Blatt Papier.

„Das, was Sie einwenden", hörte ich den Baron sagen, „gilt für jede Zeit, nicht nur für die unsere. Die großen Symbole, Krone, Szepter, Mithra und Apfel, sind von der Glut des Glaubens geschaffen und verliehen worden. Die Menschheit hat verlernt, an diese Symbole zu glauben. Wer es vermag, die Glut des Glaubens wiederzuerwecken in einer Zeit, die leer und lau geworden ist, der wird die Herzen leicht zurückführen zum Glanz der Krone und zu der Idee des Kaisertums von Gottes Gnaden."

„Glauben heißt begnadet sein", sagte der Pfarrer. „Der Glaube ist ein Werk Gottes in uns, und er kann nur lebendig werden durch geduldige Arbeit, durch dienende Liebe und durch Gebet."

„Nein", sagte Bibiche, wie aus einem Traum heraus. „Auch durch Chemie."

Es war Stille im Zimmer, kein Laut war zu vernehmen. Ich sah verwundert Bibiche an, die wieder über ihr Zeichenblatt gebeugt saß, und dann sah ich den Pfarrer an. Sein Gesicht war unbewegt, nur auf seinen Lippen lag ein Zug von Unmut und von müder Abwehr.

„Wie ist das zu verstehen, was Sie da gesagt haben", fragte ich Bibiche. „Was meinten Sie damit?"

An ihrer Stelle antwortete der Baron.

„Wie das zu verstehen ist? Da Sie Arzt sind, wissen Sie, daß alles, was sich an Gefühlen in uns regt – Angst, Sehnsucht, Kummer, Glücksgefühl, Verzweiflung –, daß jede unserer Lebensäußerungen das Ergebnis ganz bestimmter chemischer Vorgänge in unserem Körper ist. Und von dieser Erkenntnis bis zu dem Gedanken, den meine Mitarbeiterin soeben in zwei Worten ausgedrückt hat, ist nur ein kleiner Schritt."

Ich suchte Bibiche, doch sie war nicht mehr da, nur das Zeichenblatt lag auf dem Tisch. Auch der Pfarrer und Praxatin waren fort. Sie hatten sich entfernt, ohne daß ich es bemerkt hatte, und ich war gar nicht erstaunt darüber, daß ich sie nicht mehr sah – das ist das Sonderbare. Nicht einen Augenblick lang dachte ich darüber nach, warum man mich mit dem Baron allein gelassen hatte.

„Nur ein kleiner Schritt", fuhr der Freiherr von Malchin fort. „Aber wieviel Arbeit war erforderlich, bevor ich ihn wagen durfte. Wieviel Nächte mußten durchwacht, wieviel Zeugnisse überprüft, wieviel Zweifel überwunden werden. Am Anfang stand ein Wort Ihres Vaters. – ‚Das, was wir religiöse Inbrunst und Ekstase des Glaubens nennen', – sagte er hier in diesem Raum, an diesem Tisch – ,bietet als Einzel- wie als Massenerscheinung fast immer das klinische Bild eines durch ein Rauschgift hervorgerufenen Erregungszustandes. Aber welches Rauschgift bringt solche Wirkung hervor? Der Wissenschaft ist keines bekannt.'"

„Ich kann nicht glauben, daß mein Vater das gesagt hat", rief ich. „In keinem seiner Werke findet sich dieser Gedanke auch nur angedeutet. Was Sie ihm da in den Mund legen, ist eine Blasphemie."

„Blasphemie? Das ist ein hartes Wort", sagte der Baron gelassen. „Ist es am Platz, wenn es sich darum handelt, die Wahrheit zu erforschen? Ist es Blasphemie, wenn ich sage; daß wir ein so edles Gefühl wie die Todesverachtung durch eine kleine Dosis Heroin hervorrufen können, ebenso wie die gesteigerte Glücksbereitschaft durch Opium oder die Ekstase der Lust durch Kantharidin? Es soll im tropischen Mittelamerika eine Pflanze geben, deren Blätter, gekaut, für einige Tage oder Stunden die Gabe der Prophetie verleihen – ist Ihnen das bekannt? Wenn wir die Geschichte des Glaubens durch die Jahrtausende verfolgen –"

„Sie wollen also sagen", unterbrach ich ihn, „daß die ungeheure seelische Wandlung, die aus dem Weltmann Inigo de Recalde den Heiligen Ignatius von Loyola gemacht hat, eine Folge des Genusses von Rauschgiften war?"

„Lassen wir das" sagte der Baron. „So kommen wir nicht weiter. Ich ging davon aus, daß es Rauschgifte geben müsse, die die religiöse Ekstase als Einzel- und als Massenerscheinung hervorzubringen vermögen. Die Wissenschaft kennt solche Rauschgifte nicht, und mit dieser Feststellung war mir meine Aufgabe vorgeschrieben."

Er beugte sich über den Tisch und streifte die Asche seiner halb aufgerauchten Zigarre in die Schale, die vor mir stand.

„Blasphemie – sagten Sie. Ich bin den Weg gegangen, den meine Forschungen mich wiesen. Anfangs hatte ich große Schwierigkeiten. Ein Jahr lang arbeitete ich ohne das geringste Ergebnis."

Er stand auf. Wir befanden uns noch immer in der Halle, aber gleich darauf müssen wir das Haus verlassen haben, denn es fällt mir auf, daß das, was er weiter sagte, in meiner Erinnerung mit einer veränderten Umgebung verbunden ist. Ich sehe den Baron und mich auf der Dorfstraße in der Nähe meines Hauses stehen, die Luft war klar und frostig, und während er die Stelle aus den Schriften des Neuplatonikers Dionysius zitierte, wurden vor der Ladentür des Krämers, dessen entsinne ich mich genau, zwei Petroleumkannen und eine Kiste mit Bierflaschen abgeladen, und ein Mann mit einem Hartriegelstock und einer Schirmmütze kam aus dem Wirtshaus und ging an uns vorbei und grüßte. Es scheint, daß ich dann den Baron auf einem Spaziergang begleitet habe. Wir kamen auf freies Gelände und zu einem heftig qualmenden Reisigfeuer, das zwei Feldhüter schürten. Sie brieten sich Kartoffeln. Die Aufzählung der verschiedenen Namen der Getreideparasiten ist in meiner Erinnerung verknüpft mit dem Geruch von harzigem und von verkohltem Holz und mit dem Duft der gebratenen Kartoffeln. Dann waren wir wieder im Herrenhaus, wir saßen im Arbeitszimmer des Barons, dort, wo an den Wänden die alten Waffen hingen. Aber irgendeine Ruhelosigkeit muß den Baron erfaßt haben, denn wir verließen das Zimmer, und er beendete seinen Bericht dort, wo er ihn begonnen hatte, in der Halle, und nun waren auch die anderen wieder da, der Pfarrer und Bibiche, sie aß Trauben, und an der Schmalseite des Tisches saß der Fürst Praxatin und legte Patiencen – es sah so aus, als wären sie gar nicht fort gewesen, alles war wie zuvor, nur daß es jetzt zu dämmern begann, und Bibiche stand auf und zündete die Lampe an.

Sechzehntes Kapitel

„Ja. Ein Jahr lang kam ich nicht vorwärts", sagte der Baron. „Ich war auf falschem Weg. Die Zeit, die ich auf das Studium der naturwissenschaftlichen Werke griechischer und römischer Autoren verwendete, war verlorene Zeit. Die spärlichen Hinweise, die ich im ‚Pflanzenbuch' des Zenobius von Agrigent, in der ‚Beschreibung der Gewächse' des Theophrast von Eresos, in der ‚Materia Medica' des Dioskorides und im ‚Buch der Arzneien' des Claudius Piso entdeckte oder entdeckt zu haben glaubte, erwiesen sich als irreführend, oder sie sagten mir nur Dinge, die schon allgemein bekannt waren. Durch die falsche Auslegung einer solchen Textstelle glaubte ich lange Zeit, im Bilsenkraut – Hyoscyamus niger – und später in der weißen Taubnessel die Pflanze gefunden zu haben, die die von mir vorausgesetzten Eigenschaften besaß. Es war ein Irrtum. Daß das Gift des Bilsenkrautes nur Erregungszustände rein motorischer Art hervorruft, wissen Sie ja, und der Saft der Taubnessel kann unter Umständen eine leichte Entzündung der Haut bewirken, sonst nichts."

Der Baron griff nach der Whiskyflasche und dem Glas, doch er war weitab mit seinen Gedanken, und der Whisky ergoß sich auf die Tischplatte und den Fußboden. Er bemerkte es nicht und sprach weiter mit dem leeren Whiskyglas in der Hand.

„Dann, als ich von den naturwissenschaftlichen zu den religionsphilosophischen Schriften der Alten überging, fand ich die erste Belegstelle für die Richtigkeit meiner Theorie. Diodorus Siculus, ein Zeitgenosse Cäsars und des Augustus, erwähnt in einem seiner Werke eine Pflanze, die den, der von ihr kostet, ‚dem gemeinen Dasein entrückt und zu den Göttern emporhebt'. Diodorus Siculus beschreibt die Pflanze nicht näher, er nennt auch ihren Namen nicht, trotzdem war diese Stelle für mich von größter Wichtigkeit. Hier war zum erstenmal eindeutig und klar der Zustand der religiösen Ekstase auf den Genuß eines Pflanzengiftes zurückgeführt. Meine Theorie hatte jetzt nicht mehr den Charakter einer bloßen Mutmaßung. Sie konnte sich auf das Zeugnis eines Autors stützen, der wegen seiner Gewissenhaftigkeit von den Historikern der späteren Kaiserzeit oft und ohne Bedenken als Geschichtsquelle benutzt wurde."

Der Baron blieb stehen und erwiderte den Gruß zweier Arbeiter, die einen Schneepflug durch die Straße lenkten. Mit einem von ihnen führte er ein kurzes Gespräch über eine erkrankte Kuh. – „Da hilft nichts, wenn sie Kleefutter nicht anrührt, hat sie Fieber!" – rief er dem Mann nach. Dann, als der Schneepflug vorüber war, setzte er seinen Bericht fort.

„Einige Monate später stieß ich auf die ungleich bedeutungsvolleren Angaben des Dionysos Areopagita, eines christlichen Neuplatonikers des vierten Jahrhunderts. Dieser Dionysos erzählt in seinen Schriften, daß er den Mitgliedern seiner Gemeinde, die sich nach der wirklichen Gegenwart Gottes sehnten, ein zweitägiges Fasten auferlegt und daß er sie dann mit dem ‚aus heiligem Mehl bereiteten Brot' bewirtet habe. – ‚Denn dieses Brot' – schreibt er – ‚führt zur Vereinigung mit Gott und läßt uns das Unendliche begreifen.' – Ermüde ich Sie, Doktor? Wirklich nicht? Als ich diese Stelle fand, fühlte ich mich für alle Arbeit, die ich bis zu diesem Tage aufgewendet hatte, entschädigt. Brot, das aus ‚heiligem Mehl' bereitet war. Ich entsann mich einer Bibelstelle, die ich früher nicht in meine Überlegungen einbezogen hatte, weil mir ihr wahrer Sinn verschlossen geblieben war. ‚ER rief das Korn aus der Erde', – heißt es im Buch der Könige – ‚damit die Menschen davon essen und IHN erkennen.' – Und in der heiligen Schrift der Parsen ist immer wieder von den ‚Ähren der Reinigung' die Rede, in einem altrömischen Mysterienspiel wird von dem weißen oder dem bleichen Korn gesprochen, durch das ‚die gute Göttin die Menschen sehend macht' – eine getreideähnliche Pflanze mit weißen Körnern also, eine Feldfrucht, die heute verschwunden, vielleicht durch andere Kulturpflanzen verdrängt worden ist – welche vergessene Getreideart trägt weiße Ähren?"

Er machte eine Pause.

„Es war ein Fehlschluß", sagte er dann. „Ich hatte mich in einen Gedanken verrannt und verbohrt und, weiß Gott, wohin er mich geführt hätte – aber da geriet mir zur rechten Zeit ein uraltes Lied der römischen Akkerpriester in die Hände, eine feierliche Beschwörung des Marmar oder Mavors, der damals noch nicht der blutige Kriegsgott, sondern der friedliche Beschützer der Äcker war. ,Marmar!' – hieß es dort – ,Laß Deinen weißen Frost über ihre Saat kommen, damit sie Deine Macht erkennen.' Die römischen Ackerpriester kannten wie alle Priester das Geheimnis des Rauschgiftes, das die Menschen in jenen Zustand der Ekstase versetzt, in dem sie ,sehend werden' und ,die Macht des Gottes erkennen'. Der weiße Frost – das war keine Getreideart, sondern eine Getreidekrankheit, ein Parasit, ein Pilz, der in die Getreidepflanzen eindringt und sich von ihrer Substanz ernährt."

Der Baron ließ seinen Blick über die Äcker und Wiesen gleiten, die schweigend unter ihrer Schneelast lagen. Eine kleine Feldmaus huschte an uns vorbei und hinterließ im Schnee eine dünne, kaum erkennbare Spur.

„Es gibt viele Arten von parasitären Pilzen", fuhr der Freiherr von Malchin fort, „Schleimpilze, Schlauchpilze, Fadenpilze. Bargin zählt in seiner Synopsis fungorum mehr als hundert Arten auf, und dabei gilt dieses Werk heute als veraltet. Und unter diesen hundert Pilzen hatte ich den einen festzustellen, der, wenn er in die menschliche Nahrung und durch sie in den menschlichen Organismus gelangt, ekstatische Erscheinungen hervorruft."

Er bückte sich und hob eine Kartoffel auf, die im Schnee neben der Feuerstelle lag. Eine Weile hindurch betrachtete er sie mit Aufmerksamkeit, dann legte er sie, als wäre sie ein kostbarer Schatz, genau auf die Stelle zurück, von der er sie aufgelesen hatte. Die beiden Feldhüter, die neugierig nähergekommen waren, sahen ihn verwundert an, und der eine von ihnen warf Reisig ins Feuer.

„Ja – unter hundert Pilzarten die eine", sagte der Baron. „Nähere Angaben über das Krankheitsbild besaß ich nicht außer der einen, daß der Pilz die Deckblätter des Getreidekornes entfärbt. Es schien eine ziemlich hoffnungslose Aufgabe zu sein; aber eine Beobachtung und eine einfache Überlegung kamen mir zu Hilfe. Es gibt – oder es gab – eine Getreidekrankheit, die in früheren Jahrhunderten oft beschrieben worden ist, und in jeder Gegend, in der sie auftrat, war sie unter einem anderen Namen bekannt. In Spanien hieß sie ‚die Magdalenenflechte‘, im Elsaß ‚der Arme-Seelen-Tau‘. Das ‚Ärztebuch‘ des Adam von Cremona beschrieb sie unter dem Namen ‚Misericordia-Korn‘, in den Alpen war sie als ‚Sankt-Petri-Schnee‘ bekannt. In der Umgebung von St. Gallen nannte man sie den ‚Bettelmönch‘ und im nördlichen Böhmen die ‚Sankt-Johannis-Fäule‘. Hier bei uns im Westfälischen, wo sie besonders oft auftrat, hieß sie bei den Bauern ‚der Muttergottesbrand‘."

„Der Muttergottesbrand", wiederholte ich. „Das ist also eine Getreidekrankheit."

„Ja. Einer ihrer vielen Namen. Hier in Westfalen hieß sie so. Und nun beachten Sie, daß alle die Namen, die ich Ihnen aufgezählt habe, etwas Gemeinsames besitzen: die Verknüpfung mit religiösen Vorstellungen. Die Bauern wußten mehr über die Wirkung dieses Getreideparasiten als alle Gelehrten. Eine Erinnerung an uralte, verschollene Weisheit war in ihnen lebendig geblieben."

Der Nebel begann zu steigen, und Baum und Buschwerk verschwanden in einem milchweißen Dunst. Große, langsam niedergleitende Flocken mischten sich in den Schneestaub, der von den Dächern rieselte.

„Der Parasit, den wir den Sankt-Petri-Schnee nennen wollen", sagte der Baron, „ist im Innern der Pflanze eingeschlossen, und er vernichtet nicht völlig die Lebenstätigkeit der Nährzellen. Der befallene Pflanzenteil zeigt äußerlich kaum eine merkbare Veränderung. Die Krankheit bleibt selten länger als zwei oder drei Jahre in derselben Gegend, sie erlischt, um erst nach vielen Jahren wieder aufzutreten. Aber sie wandert und hält dabei zumeist eine bestimmte Richtung ein, nur ganz selten breitet sie sich strahlenförmig nach mehreren Richtungen aus. Zum erstenmal fand ich den Sankt-Petri-Schnee in der Stadtchronik von Perugia aus dem Jahre 1093 erwähnt. Die Getreideseuche hatte in diesem Jahr das ganze Gebiet zwischen Perugia und Siena befallen. Und die Chronik berichtet weiter, daß sich in eben diesem Jahr siebzehn Bauern und Handwerker aus der Umgebung von Perugia als Propheten ausgaben, sie behaupteten, daß Christus sich ihnen in Gestalt eines Engels gezeigt und daß er ihnen aufgetragen habe, der Welt eine schwere Buße zu verkünden. Sie predigten und hatten viel Zulauf, vier von ihnen wurden mit dem Schwerte hingerichtet. – Im nächsten Jahr erschien der Sankt-Petri-Schnee in der Umgebung von Verona, er war also nordwärts gewandert. Und in Verona rotteten sich schon wenige Wochen später fünftausend Personen zusammen, Adelige und Bürger, Männer, Frauen und Kinder – eine furchterregende Menge, sagen die zeitgenössischen Berichte –, und sie zogen, Bußpsalmen singend, durch die Lombardei, von Stadt zu Stadt, von Kirche zu Kirche, und überall fielen sie über die Priester her, die im Verdacht eines weltlichen Lebenswandels standen, und töteten oder mißhandelten sie. Das war im Jahre 1094, und im nächsten Jahr hätte, nach meiner Berechnung, der Sankt-Petri-Schnee nach Deutschland gelangen müssen. Das geschah nicht. Es scheint, daß der Getreidepilz nicht imstande war, die Alpen auf geradem Weg zu überschreiten. Er umging sie westlich und östlich und trat im nächsten Jahr zugleich in Frankreich und in Ungarn auf. Und in beiden Ländern bewirkte er jene gewaltige, ans Wunderbare grenzende Erhebung der Seelen, die in dem Wagnis des ersten Kreuzzuges und in der Befreiung der heiligen Stätten ihren sichtbaren Ausdruck fand."

Der Baron stellte diese Behauptung mit einer Gelassenheit auf, gegen die sich alles in mir zur Wehr setzte.

„Erscheint Ihnen diese Konstruktion nicht etwas kühn?" warf ich ein.

Der Baron lächelte.

„Es dürfte Ihnen nicht leicht fallen, Doktor, einem Standpunkt mit so breiten Argumenten, wie es der meine ist, den Boden zu entziehen", sagte er. „Ich habe den Weg des Getreideparasiten durch die Jahrhunderte verfolgt – alle seine Wanderungen. Und ich habe festgestellt, daß alle die großen religiösen Bewegungen des Mittelalters und der Neuzeit – die Geißlerfahrten, die Tanzepidemien, die Ketzerverfolgung des Bischofs Konrad von Marburg, die Kirchenreform der Kluniazenser, der Kinderkreuzzug, das sogenannte ‚heimliche Singen‘ am Oberrhein, die Vernichtung der Albigenser in der Provence, die Vernichtung der Waldenser im Piemont, die Entstehung des Annenkults, die Hussitenkriege, die Wiedertäuferbewegung –, daß alle Glaubenskämpfe, alle ekstatischen Erschütterungen ihren Ausgang von jenen Gegenden genommen haben, in denen unmittelbar vorher der Sankt-Petri-Schnee aufgetreten war. Sie nennen das eine kühne Konstruktion – ich kann für die Zuverlässigkeit meiner Behauptung in jedem einzelnen Fall den Beweis erbringen.“

Er zog ein Fach seines Schreibtisches auf und schloß es wieder. Dann sah er sich suchend im Zimmer um, er vermißte augenscheinlich die Whiskyflasche und die Zigarrenkiste, aber die waren unten in der Halle geblieben. Sein Blick fiel jetzt auf eine chinesische Vase, die auf dem Kaminsims stand.

„Sehen Sie, Doktor, – China, nicht wahr? Das Land ohne Religion. Der Chinese hat keine religiösen Vorstellungen, nur eine Art Philosophie. Im Land der Mitte wird seit Jahrtausenden kein Getreide angebaut. Nur Reis.“

Er hatte das Suchen nach der Whiskyflasche und der Zigarrenkiste aufgegeben und läutete dem Diener.

„Und warum“, fragte ich, und die Worte kamen mir ganz von selbst und ohne daß ich es wollte von den Lippen, „warum verschwindet der Gottesglaube aus der Welt?“

„Der Gottesglaube verschwindet nicht aus der Welt“, sagte der Freiherr von Malchin. „Nur die Glut des Gottesglaubens ist erloschen. Warum sie erloschen ist? Vor diese Frage sah ich mich auch gestellt, nur war ich genötigt, sie anders zu formulieren. Für mich stand das Problem so: Hat der Parasit seine Virulenz verloren oder das Getreide seine Prädisposition? Einer dieser beiden

Faktoren hat die Entwicklung und Verbreitung des Sankt-Petri-Schnees seit mehr als hundert Jahren in Europa gehemmt. Nun – meine Laboratoriumsversuche haben erwiesen –"

Es klopfte, und der Diener trat ein, es war jener kleine, ein wenig schielende Bursche, der mich mit dem Schlitten vom Bahnhof abgeholt hatte. Er blieb in der offenen Tür stehen.

„Was wollen Sie?" fuhr ihn der Baron an. „Geläutet? Nein, ich habe nicht geläutet. Sie können gehen, ich brauche Sie nicht. – Wo war ich? Ja: Die Untersuchungen, die ich mit Hilfe meiner Assistentin anstellte, haben ergeben, daß der Parasit nichts von seiner Virulenz eingebüßt hat. Aber das Getreide, sehen Sie –"

Er unterbrach sich und blickte nach der Tür.

„Er hätte mir Zigarren bringen können, wenn er schon da war. Zu dumm, ich habe keine zu mir gesteckt. – Das Getreide zeigt heute gegen den Parasiten eine ungleich größere Widerstandskraft als noch vor hundert Jahren. Weizen und Korn stammen wie fast alle Kulturpflanzen aus Ländern mit wärmerem Klima und standen also in Europa auf fremdem Boden. Sie waren für die Krankheit solange empfänglich, als sie sich dem fremden Boden nicht angepaßt hatten, und dieser Anpassungsprozeß hat viele Jahrhunderte gewährt und ist heute beendet. Dazu kommt noch ein anderer Umstand. – Warum bringt er denn den Whisky nicht? Ich habe ihm doch aufgetragen, Whisky und Zigarren zu bringen. – Ja, noch ein zweiter Umstand: Der Pilz gewinnt erst Einfluß, wenn sich die Pflanze in einem Schwächezustand befindet, den ich Ihnen physiologisch und anatomisch präzisieren könnte. Aber die verbesserten Kulturbedingungen unserer Zeit haben diesen Schwächezustand des Getreides zu einer Ausnahmserscheinung gemacht. Der Sankt-Petri-Schnee hat sich auf andere, auf wildwachsende Pflanzenarten zurückgezogen, die ihm bessere Lebensbedingungen bieten, und da haben Sie, Doktor, die Antwort auf die Frage, warum der Gottesglaube aus der Welt verschwindet."

Nach dieser erstaunlichen Erklärung stand der Freiherr von Malchin auf und trat an das Kaminfeuer, um sich zu erwärmen. Das Holz knisterte, und die Funken sprühten, und zwischen den aufgeschichteten Scheiten schoß wütend eine schmale, gelbe Feuerzunge hervor, als ob sie nach ihm greifen wollte.

„Dieses Problem, das Problem der Prädisposition des Getreides, war für mich das Entscheidende", fuhr er fort. „Von ihm hing alles ab – meine Pläne, meine Erwartungen –, ob ich meine Nächte an einen fruchtbaren Gedanken gewendet oder sie einer Chimäre geopfert hatte. Wir – meine Assistentin und ich – versuchten zunächst die Überimpfung des Parasiten auf eine gesunde Pflanze, und es erwies sich tatsächlich als möglich, die junge Weizenpflanze mit den Keimen des Parasiten zu infizieren und die Krankheit künstlich an ihr hervorzurufen. Aber das war und blieb ein Laboratoriumserfolg ohne weitere Perspektiven. Denn die Impfung stellte einen Gewaltakt dar, der sich in der Natur nicht findet, und nur durch diesen Gewaltakt war die Pflanze für den Pilz empfänglich geworden. Wir gaben diese Versuche bald wieder auf und begannen nach einem Mittel zu suchen, das die Widerstandsfähigkeit des Getreides herabsetzen oder brechen konnte. Es gelang mir im vorigen Jahr tatsächlich, auf einem winzigen Stück Acker die Krankheit ohne Impfung hervorzubringen – auf feuchtem, dem Nordwind ausgesetztem und unzureichend gedüngtem Boden, vor allem aber dadurch, daß ich die Lichtzufuhr einschränkte. Vielleicht seit hundert Jahren zum erstenmal war wieder der Sankt-Petri-Schnee auf einem Weizenfeld. Doch er blieb auf das winzige Stück Acker beschränkt, das künstlich beschattet worden war, er befiel nicht eine einzige der Pflanzen, die im Sonnenlicht standen. Das Experiment war gelungen und doch mißglückt. Die Arbeit so vieler Jahre war vergebliches Bemühen gewesen. Ich hatte den Sankt-Petri-Schnee gefunden und sah dennoch alle meine Pläne gescheitert. Und damals, in der Zeit meiner seelischen Depression, da kam mir – hier vor drei Zeugen bekenne ich es –, da kam mir meine Assistentin zu Hilfe."

Bibiche blickte stolz und mit leuchtenden Augen zuerst auf mich und dann auf den Baron.

Der Pfarrer schwieg und runzelte die Stirne.

„Hören Sie, Arkadji Fjodorowitsch", wandte sich der Baron an den Russen, „in träumerischer Selbstvergessenheit haben Sie es unterlassen, Zigarren nachzubestellen. Schreiben Sie doch dem Lieferanten eine Karte, es wird sich lohnen. Das hier ist unser ganzer Vorrat, damit kommen wir höchstens noch drei Tage aus."

Er hatte sich seine Zigarre angezündet und fuhr nun fort:

„So war es. Damals, als ich nicht mehr weiter wußte, da griff diese junge Dame hier ein. Sie hatte es nicht leicht mit mir. Ich bin ein Bauer und habe den Kopf eines Bauern, ich denke immer nur an den Acker. Aber schließlich bewies sie mir, daß wir das Korn- und das Weizenfeld nicht brauchten, daß wir den Parasiten auf künstlichem Nährboden zur Entwicklung und zu rascher Vermehrung bringen konnten – in flüssigem Nährboden mit ganz bestimmten Zusätzen. Es gelang ihr, durch ein Destillationsverfahren aus dem Pilz und seinen Sporen das flüssige Rauschgift zu gewinnen, und die Analyse, die sie vornahm, ergab – was ergab die Analyse, Kallisto?"

„Die wirksamen Bestandteile sind eine Anzahl Alkaloide", erklärte Bibiche. „Außerdem finden sich noch kleine Mengen harzartiger Produkte und ein wenig Sphazelynsäure vor, und schließlich lassen sich Spuren einer öligen Substanz nachweisen."

„Das alles klingt sehr einfach", meinte der Baron. „Aber es war doch die Arbeit von vielen Monaten. Und jetzt sind wir soweit, daß wir ein Experiment auf breiterer Grundlage machen können – nicht mehr am Einzelobjekt, Doktor. Sie wissen, die Massenseele hat ihre eigenen Gesetze, sie reagiert auf Reize anders und heftiger –"

Der Pfarrer war aufgestanden und fuhr sich mit seinem großen, blaukarierten Taschentuch über die Stirne.

„Ich bin nur ein alter Mann, der es im Leben nicht sehr weit gebracht hat, und ich weiß, Sie hören nicht auf mich", sagte er. „Aber ich werde dennoch nicht aufhören, Sie zu warnen. Tun Sie's nicht! Nicht hier im Dorf, ich bitte Sie darum, lassen Sie meine Bauern in Frieden, es geht ihnen elend genug. Ich habe Angst, hören Sie?

Ich habe Angst um Sie, um mich, um uns alle. In diesem westfälischen Land liegt immer etwas wie Katastrophe in der Luft."

Der Freiherr von Malchin schüttelte den Kopf.

„Alter Freund, Sie haben Angst? Wovor? Was fürchten Sie? Ich tue doch nur das, was Sie Ihr Leben lang taten – ich versuche, die Menschen zurück zu Gott zu führen."

„Wissen Sie wirklich heute schon, wohin Sie sie führen?" fragte der Pfarrer. „Denken Sie doch an jene Stelle im Buch der Könige: ,ER rief das Korn aus der Erde, damit die Menschen davon essen und IHN erkennen.' – Was geschah, als die Menschen von diesem Korn aßen? Was berichtet das Buch der Könige?"

„,Sie erkannten IHN und erbauten IHM Altäre' – steht im Buch der Könige – ,und sie brachten IHM die Gefangenen zum Opfer, fünftausend an der Zahl. Und der König Achab opferte IHM seinen eigenen Sohn.'"

„Wen erkannten sie?" fragte der Pfarrer weiter. „Wem bauten sie Altäre? Wem brachten sie Menschenopfer dar?"

„Ihrem Gott."

„Jawohl, ihrem Gott und nicht dem unseren!" rief der Pfarrer. „Und ihr Gott hieß Moloch. Dem Moloch hat König Achab den eigenen Sohn geopfert, denken Sie daran!"

Der Baron zuckte die Achseln.

„Das mag stimmen, daß es Moloch war und nicht Jahwe, dem König Achab Menschen opferte", meinte er. „Aber der blutige Gott der Phöniker ist heute doch nur ein Schatten der Erinnerung. Warum beschwören Sie ihn?"

Der Pfarrer war schon in der Tür, und jetzt wendete er sich nochmals um.

„Nicht ich", sagte er. „Sie beschwören den Moloch. Nur wissen Sie es nicht."

Siebzehntes Kapitel

Als es sechs Uhr schlug, überfiel mich das Verlangen, allein zu sein, und ich schickte die beiden Leute fort, die in meinem Wartezimmer saßen. Die Frau bekam Lebertran für ihr Kind, und dem Mann mit den neuralgischen Schmerzen gab ich beruhigende Tropfen und hieß ihn am nächsten Tag wiederkommen. Er war ein wenig schwerhörig und verstand mich nicht sogleich. Er klagte, daß das Ziehen und Reißen in den Armen nicht nachlassen wolle, das sitze tief drinnen – sagte er – und komme vom dicken Blut, und da hatte er auch schon den Rock ausgezogen und das Hemd hinuntergestreift, er verlangte, ich solle ihn zur Ader lassen. Ich machte ihm begreiflich, daß es für heute dazu zu spät sei, er möge morgen in der Frühe kommen – schrie ich ihm ins Ohr –, er werde in der Nacht bestimmt schlafen, wenn er die Tropfen nehme. Er verstand mich endlich und zog sich an, und dann ging er, langsam und schwerfällig, die Treppe hinunter, es dauerte endlos lang, bis die Haustür hinter ihm ins Schloß fiel.

Als ich dann allein in meinem Zimmer war, fragte ich mich, warum ich ihn eigentlich fortgeschickt hatte. Wie quälend langsam mußten nun die Stunden vergehen, die ich noch zu warten hatte. Meine geringen Vorbereitungen waren getroffen. Ich hatte beim Krämer Himbeerbonbons gekauft, die schienen mir eher Vertrauen zu verdienen als seine Pralinés. Dann ein paar Äpfel, eine Tafel Schokolade, eine Dose Cakes, Datteln und eine Flasche Likör – mehr war im Laden nicht vorhanden gewesen. Die beiden Vasen auf dem Kaminsims hatte ich mit frischen Tannenzweigen gefüllt. Jetzt rückte ich noch den abgenützten Diwan in die Ecke, so daß das Licht nicht auf ihn fiel, und die Kissen in den beiden Korbsesseln besprengte ich mit Kölnisch Wasser. Das war alles, was ich tun konnte, und nun hieß es warten.

Ich nahm die Zeitung und versuchte, zu lesen, aber ich kam bald darauf, daß nichts von dem, was in der Welt vorging, mein Interesse zu fesseln, daß nichts meine Gedanken von dem einen Punkt, um den sie unaufhörlich kreisten, abzulenken vermochte. Der Ausfall der Wahlen in Südafrika und in Argentinien, die Kriegsgefahr im fernen Osten, die Entrevuen der Staatsmänner, die Pariser Gerichtssaalsensationen, die Parlamentsberichte – das alles ließ mich gleichgültig. Nur den Anzeigenteil der Zeitung las ich mit einiger Aufmerksamkeit. Ich habe oft darüber nachgedacht, woher es kommt, daß die Lektüre der Zeitungsanzeigen, dieser kleinen Manifeste des Alltags, so wohltuend auf erregte Nerven wirkt. Vielleicht, weil sie uns die Wünsche und Bedürfnisse fremder und unbekannter Menschen erkennen läßt, und darüber vergessen wir für kurze Zeit die eigenen. Eine Lebensversicherungsanstalt hatte die Stelle eines Oberkommissärs für die Kreise Teltow, Jüterbog und Tauch-Belzig zu vergeben; der Besitzer eines Landhauses wünschte dringend, gute Vorkriegsperser gegen bar zu kaufen, Reisende in Maschinen, in Winterartikeln, in Reißverschlüssen und in Porzellanwaren wurden gesucht, und eine große, elegante Erscheinung bot sich für eine Dauerstellung als Vorführdame an. Alle diese Anzeigen las ich mehrere Male, sie befreiten mich für kurze Zeit von meiner Unruhe, indem sie mich aus meinem Leben fortführten und mich die Wünsche und die Sorgen fremder Menschen so empfinden ließen, als wären es meine eigenen. Und dann, als ich wieder zu mir zurückkehrte, war ich beinahe zufrieden, weil ich so wenig zu wünschen hatte, nur daß die Zeit des Wartens rascher vergehen sollte – und da war es inzwischen auch schon halb sieben geworden, um eine halbe Stunde war Bibiches Kommen näher gerückt – und jetzt klopfte es, und meine Hausfrau trat ein und brachte mir das Abendessen.

Ich aß eilig und zerstreut, ich wußte zehn Minuten später nicht mehr, was ich vorgesetzt erhalten hatte. Dann erwachte in mir die Besorgnis, daß vielleicht der

Geruch der Speisen nicht mehr aus dem Zimmer verschwinden werde, und so öffnete ich beide Fenster und ließ die kalte Luft herein.

Draußen war Nebel, bis auf die Dächer hinauf kroch er, das Licht der Laterne, die in der Einfahrt des Gasthauses hing, schimmerte trüb und wie verloren durch den weißen Dunst. Mir fiel, während ich auf die Straße hinausschaute, ein, daß ich noch einen Krankenbesuch zu machen hatte. Die Frau eines Holzarbeiters, der außerhalb des Dorfes wohnte, stand knapp vor der Entbindung, sie erwartete ihr fünftes Kind. Mittags hatte sie über heftige Kreuzschmerzen und über Mattigkeit beim Gehen geklagt, und so wollte ich nach ihr sehen. Ich schloß die Fenster und warf zwei Holzscheite in den Kamin. Dann nahm ich Hut und Mantel und ging.

Es war ein überflüssiger Weg, den ich mir da gemacht hatte. Der Zustand der Frau war unverändert, nur die Kreuzschmerzen hatten nachgelassen, es konnte noch Tage dauern, bevor die Wehen einsetzten. Die Frau stand in der Küche und bereitete das Abendessen. Der säuerliche Dunst des Melkeimers schlug mir entgegen, vermischt mit dem Geruch der Pellkartoffeln und des überkochten Schweinefutters. Eine Weile plauderte ich mit der Frau und dem Mann, der eben von der Arbeit gekommen war. Arme Leute, wie es ihrer viele im Dorf gab. Die einzige Kuh hatte man ihnen wegen rückständiger Steuern gepfändet. In zwei halbdunklen und feuchten Räumen hauste eine achtköpfige Familie, für die nur vier Schlafstellen vorhanden waren. Die zerbrochenen Fensterscheiben und die Ritzen in der Türe waren mit leeren Säcken verstopft. Die Kinder kamen, eins nach dem andern, in die Küche und warfen begehrliche Blicke auf das Kartoffelgericht. Für das Älteste – sagte die Frau – müßte ein Paar Schuhe angeschafft werden, aber leider, es war kein Geld im Haus.

Meine Tante hatte für Wohltätigkeit niemals etwas übrig gehabt. – „Jeder hat für sich selbst zu sorgen, und mir hilft auch niemand", pflegte sie zu sagen, und in solchem Geiste hatte sie auch mich erzogen. Aber an diesem Abend empfand ich das Bedürfnis zu helfen, etwas Gutes zu tun, eine Sorge zu bannen. Ich holte heimlich fünf Zweimarkstücke aus der Tasche und legte sie geräuschlos auf die Herdplatte. Ich tat dies vielleicht nur, weil ich um mein Glück, um das Glück dieses Abends, zitterte und die neidischen Götter versöhnen wollte. Die Leute müssen das Geld unmittelbar nach meinem Fortgehen entdeckt haben, denn ich hörte den Mann auf der Straße hinter mir herrufen, er sah mich nicht, obgleich ich nur zehn Schritte von ihm entfernt war, der Nebel war zu dicht.

Als ich nach Hause kam, erschien mir mein Zimmer ein wenig freundlicher, ja, beinahe behaglich. Ich legte zwei Äpfel auf den Rost im Kamin und ließ sie braten. Dann löschte ich alle Lichter aus, aber es wurde nicht völlig dunkel, das Feuer warf einen rötlichen Schein auf den verschlissenen Teppich und auf die beiden Korbsessel.

Unten in seinem Zimmer hustete der Schneider. Er lag mit einer Bronchitis zu Bett, ich hatte ihm heiße Milch mit Selterswasser verordnet. Sonst war alles ruhig, nur von den Äpfeln auf dem Rost kam ein leises Singen und Zischen, und ein feiner würziger Duft durchdrang das Zimmer. Ich saß und starrte in das Feuer, ich sah nicht mehr auf die Uhr, ich wollte nicht wissen, wie spät es war und wie lange ich noch zu warten hatte.

Plötzlich kam mir ein Gedanke, der mich beunruhigte. Was täte ich – fragte ich mich –, wenn ich jetzt Besuch erhielte? Es konnte irgend jemand kommen, der sich nicht abweisen ließ, der darauf bestand, mir Gesellschaft zu leisten, der Fürst Praxatin zum Beispiel – nein, ganz unmöglich war das nicht. Er war schon einmal hier gewesen und bis über die Mitternacht hinaus geblieben. Wenn er jetzt zur Tür hereinkäme und sich neben mir beim Kaminfeuer niederließe – was täte ich? Der Gedanke, der mich im ersten Augenblick erschreckt hatte, begann mir Spaß zu machen. Und ich stellte mir vor, er säße schon da, ich konnte ihn nur nicht sehen, weil es so dunkel im Zimmer war, aber er saß da und streckte die Beine von sich, den Kopf mit dem zurückgestrichenen weißblonden Haar hielt er ein wenig zur Seite geneigt, der Korbsessel knirschte und knarrte unter dem Gewicht des mächtigen Körpers, und die Glut des Kamins spiegelte sich in den hohen, blankgewichsten Stiefeln.

„Nun, Arkadji Fjodorowitsch", sagte ich zu dem Schatten im Korbsessel, „sehr mitteilsam sind Sie heute nicht. Schon seit fünf Minuten sind Sie da, aber wie ein Uhu in dunkler Nacht sitzen Sie und schweigen."

„Seit fünf Minuten?" ließ ich das Schattenbild zur Antwort geben. „Schon viel länger bin ich da, Doktor, ich beobachte Sie. Sie sind ungeduldig, Sie scheinen auf etwas zu warten, und die Zeit will Ihnen nicht vergehen."

Ich nickte.

„Ja, die Zeit, die trägt zweierlei Schuh", fuhr das Schattenbild fort, „in den einen hinkt sie, in den andern springt sie. Und heute, in diesem Zimmer, trägt die Zeit ihre hinkenden Schuh, sie will nicht vorwärtsgehen."

„Sie haben recht, Arkadji Fjodorowitsch", seufzte ich. „So langsam vergehen die Stunden."

„Und Sie sind das Warten nicht gewohnt, Doktor, das ist schlimm. Ich, sehen Sie, ich habe es gelernt zu warten. Als ich hierher kam, dachte ich: Nun, wie lange werden die Roten in Rußland bleiben? Ein Jährchen oder zwei, länger schon nicht. Und ich wartete. Heute aber, nach so viel Jahren, weiß ich, daß ihnen keine Frist gesetzt ist. Sie werden bleiben bis in alle Ewigkeit, und ich warte ohne Hoffnung. Warten Sie, Doktor, auch ohne Hoffnung?"

„Nein", sagte ich kurz und ärgerlich.

„Sie warten also auf eine Frau", meinte der Russe. „Natürlich. Das hätte ich mir gleich denken können. Mystische Beleuchtung, auf dem Tisch Äpfel, Schokolade, eine Büchse mit irgend etwas und sogar Datteln, auch ein Likörchen sehe ich. Nur Rosen sind nicht da."

Er hielt die Hand vor den Mund und hustete.

„Eine Delfter Vase mit weißen Rosen müßte auf dem Tisch stehen", fuhr er fort. „Finden Sie nicht, Doktor?"

„Ach, schweigen Sie, Arkadji Fjodorowitsch", sagte ich verdrießlich. „Was kümmert das Sie?"

„Meinetwegen also keine Rosen, werden Sie nur nicht zornig", kam es in weichem, singendem Tonfall aus der Tiefe des Korbsessels. „Wozu übrigens wirklich Rosen?

Das sind doch nur Allerweltsblumen ohne jeden Charakter, Sie werden sie also ohne Rosen empfangen. Da seh einer! Hier in dieser Einöde, in diesem Dorf, das Gott vergessen hat, erwartet er den Besuch einer Frau! Ja, dem Glücklichen legen sogar die Hähne Eier. Freilich – eine gibt es hier, die ist wie die heilige Muttergottes so schön und so schlank, und ihre Haut ist weiß, wie die Blüte des Apfelbaumes. Und wenn sie spricht, das ist, wie wenn der Wind im Frühling über die Erde streicht. Warten Sie am Ende auf diese, Doktor?"

„Vielleicht", sagte ich.

Wiederum durchschüttelte ihn ein Hustenanfall. Er rückte den Stuhl ein wenig näher an den Kamin.

„Dann warten Sie ohne Hoffnung", sagte er. „Sie kommt nicht. Auch ich habe gewartet, ein ganzes Jahr lang habe ich gewartet, und sie ist nicht gekommen."

„Das glaube ich, daß sie zu Ihnen nicht gekommen ist", sagte ich und lachte und war erstaunt darüber, wie gehässig und böse mein Lachen klang.

„Und Sie meinen, zu Ihnen werde sie kommen?" gab er zurück. „Bitte, vielleicht – wir werden ja sehen. Ich bleibe hier und warte mit Ihnen, lasse mich gerne überzeugen."

„Sie wollen bleiben?" rief ich. „Was fällt Ihnen ein! Sie müssen nach Hause gehen, Sie sind ja krank, Sie husten."

„Ach, deswegen? An diesem Husten werde ich schon nicht sterben. Für wann erwarten Sie sie denn?"

„Arkadji Fjodorowitsch!" sagte ich in strengem Ton. „Jetzt ist es genug. Sie sind hier überflüssig. Sie werden gehen, und zwar sogleich. Ich weiß es ganz genau, daß Sie jetzt gehen werden."

Er rührte sich nicht aus seinem Korbsessel. Das Feuer im Kamin flackerte, und eine Sekunde lang war es mir, als sähe ich sein Gesicht.

„So? Sie wissen es?" meinte er. „Ganz genau wissen Sie es? Vielleicht drohen Sie mir sogar? Damit aber werden Sie nichts erreichen, das ist, als wollten Sie einen Baum mit Rutenhieben fällen. Womit, Doktor, wollen Sie mir drohen?"

„Ich will Ihnen nicht drohen", sagte ich. „Sie werden

gehen, Arkadji Fjodorowitsch, einfach deswegen, weil Sie ein Gentleman sind."

„Ja", sagte der Russe nach einer Weile. „Als Gentleman müßte ich allerdings jetzt gehen. Aber spüren Sie, Doktor, nicht auch manchmal den Widerhaken in der eigenen Seele: Nun, jetzt gerade nicht?! Ich will Ihnen die Wahrheit sagen: Ich bin eifersüchtig, ganz krank bin ich vor Eifersucht, unaussprechlich leide ich. Ich sollte gehen und muß doch bleiben. Ich will wissen, Doktor, wer zu Ihnen kommt."

„Nehmen Sie sich doch zusammen, Arkadji Fjodorowitsch!" sprach ich ihm zu. „Das ist doch alles nicht Ihr Ernst. Sie sind nicht eifersüchtig, Sie haben auch keinen Grund zur Eifersucht. Gehen Sie ruhig nach Hause, ich erwarte nicht die, von der Sie sprechen."

„Ach, wenn Sie doch die Wahrheit sprächen!" seufzte er. „Aber Sie sprechen nicht die Wahrheit, an Ihren Augen erkenne ich das. Hören Sie – ich mache Ihnen einen Vorschlag. Wir sind Männer, nicht wahr, Kulturmenschen, hierher in diese Einöde verschlagen, aber doch Kulturmenschen, wir werden die Angelegenheit ohne Streit auf faire Art in Ordnung bringen. Hier habe ich ein Spiel Karten. Wer die höhere Karte zieht, der bleibt, und der andere geht und kommt nicht mehr zurück. Ist es Ihnen so recht?"

„Ein Duell also? Ein amerikanisches Duell?"

„Warum nennen Sie das ein Duell? Ich sage ja nicht, daß der verlierende Teil sich unbedingt sogleich eine Kugel durch den Kopf schießen muß. Er geht einfach und kommt nicht wieder. Ein Duell? Ein kleines Spielchen mit bescheidenem Einsatz, weiter nichts."

„Das nennen Sie einen bescheidenen Einsatz? Nun gut, meinetwegen, ich bin einverstanden. Aber es ist zu dunkel, ich sehe ja die Karten gar nicht. Warten Sie – ich mache Licht."

„Nein! Machen Sie nicht Licht!" rief er. „Wozu denn? Es ist ganz überflüssig. Sie sind ja auch eifersüchtig, genauso wie ich, und Eifersucht hat Katzenaugen. Wir sehen beide sehr gut im Dunkeln. Ich ziehe jetzt eine Karte – den Pikbuben habe ich gezogen, sehen Sie, und jetzt kommen Sie an die Reihe."

„Ich sehe gar nichts, es scheint also, daß ich doch nicht eifersüchtig bin", lachte ich. „Aber Sie – ich glaube, Sie lieben das Licht nicht sehr. Und ich wette – wenn ich jetzt den Schalter drehe, werden Sie verschwunden sein. Ich werde also jetzt Licht machen auf die Gefahr hin, daß unsere kleine Unterhaltung damit zu Ende ist."

„Machen Sie nur Licht!" schrie er. „Versuchen Sie es nur, es wird Ihnen nicht gelingen. Kurzschluß, Doktor! Kurzschluß!"

„Teufel!" entfuhr es mir. „Das fehlte mir noch."

Ich suchte den Schalter und fand ihn nicht, ich warf einen Sessel um und stieß mit der Stirne an den Bücherkasten. – „Bemühen Sie sich nicht! Es ist Kurzschluß", lachte der Russe, und sein Lachen ging in einen Hustenanfall über. Da hatte ich den Schalter auch schon gefunden, und es war Licht im Zimmer.

Ich reckte mich und dehnte mich und hielt die Hand an die schmerzende Stirn. Das Licht blendete mich.

„Schon fort, Arkadji Fjodorowitsch?" rief ich und ließ meine Augen durch das Zimmer schweifen. „Das ist schade. Nun werden Sie also nicht erfahren, wer heute abends zu mir kommt. Warum hatten Sie es plötzlich so eilig? So fortzugehen sans adieu – ich bin erstaunt über Sie, das sind doch nicht die Manieren eines Mannes von Welt. Ja – dann also gute Nacht, schlafen Sie wohl, denken Sie nicht zuviel nach über – –"

Ich hielt inne. Die Turmglocke begann zu schlagen, ich stand regungslos und zählte die verhallenden Schläge, es war neun Uhr.

Achtzehntes Kapitel

Es hatte neun Uhr geschlagen, und sie war nicht da. Ich öffnete das Fenster und beugte mich hinaus – alles war still, kein leiser Schritt war zu vernehmen, kein Knirschen des Schnees, durch den Nebel glitt kein Schatten. – Warum kommt sie nicht? – fragte ich mich verstört. – Was ist geschehen? Was, um des Himmels willen, kann geschehen sein? – Und dabei fiel mir ein, daß ich keine Zitrone im Hause hatte, an alles hatte ich gedacht, nur an die Zitrone für den Tee nicht. Der Krämer hatte nicht mehr offen, ich mußte hinüber ins Gasthaus – wozu? Sie kam ja nicht. – Vielleicht ist sie dagewesen und hat die Haustüre versperrt gefunden. Aber ich habe doch meiner Hausfrau aufgetragen – ich hätte mich selbst davon überzeugen sollen, ob die Haustüre offen geblieben ist. Warum habe ich nicht nachgesehen?

Ich vergaß, das Fenster zu schließen, so eilig hatte ich es jetzt, ich lief die Treppe hinunter – nein, die Haustür war nicht verschlossen. Langsam ging ich wieder hinauf, oben schlug mir die kalte Nachtluft entgegen, ich warf noch einen Blick auf die Straße, und dann schloß ich das Fenster.

Ich goß mir ein Glas Kognak ein, ich merkte, daß meine Hände zitterten. – Ruhe! Nur Ruhe! – sagte ich zu mir und setzte mich und überlegte. Was war geschehen? Sie hatte vergessen. Sie saß zu Hause in ihrem Laboratorium und hatte über ihrer Arbeit den Tag und die Stunde vergessen. Vielleicht war sie ermüdet gewesen, sie hatte sich auf den Diwan gelegt, um ein wenig auszuruhen, und war eingeschlafen. Oder –? Vielleicht wollte sie gar nicht kommen. Ein übereilt gegebenes Versprechen – hält man das? Wozu? Was war ich ihr denn? – Was ich ihr war? – „Glaubst du, ich könnte das Leben hier noch ertragen ohne dich?" –

hatte sie zu mir gesagt. Aber das war vor zwei Tagen gewesen, und in zwei Tagen kann sich so viel ändern bei einer Frau!

Wiederum füllte ich das Glas – das war jetzt schon der dritte Kognak. Heute abend wollte ich trinken, bis kein Tropfen mehr in der Flasche war, bis mir Bibiche und die ganze Welt gleichgültig wurde. – Vielleicht tat ich ihr unrecht, sie hatte nicht vergessen, aber im letzten Augenblick war ein Hindernis aufgetaucht, der Baron hatte sie rufen lassen, oder sie war ihm auf dem Weg zu mir begegnet. – Noch einen Kognak! Auf dein Wohl, Bibiche, obwohl du nicht gekommen bist, hol's der Teufel, ich liebe dich trotzdem, leider, ich kann es nicht ändern. Wenn ich dich morgen sehe –. Vielleicht ist sie krank, sie liegt zu Bett und hat Fieber. Aber dann hätte sie mir doch Nachricht geschickt! Durch den kleinen Jungen, der ist schon einmal bei mir gewesen. – „Sie sind mir böse, und ich weiß nicht, warum. Arme Bibiche!“ – das ist damals auf dem Zettel gestanden. Und heute? Was wird sie mir heute schreiben? – „Sie müssen nicht länger auf mich warten. Haben Sie im Ernst geglaubt, daß ich zu Ihnen kommen werde?“ – Gleich wird er da sein: „Einen guten Abend, das schickt Ihnen das Fräulein.“ Noch einen Kognak. Das tut wohl. Ich werde die ganze Nacht – –

Es hat geklopft.

Das ist er. Das ist der kleine Junge, er bringt den Zettel. Bibiche ist krank. Nein, sie ist nicht krank, aber sie will nicht kommen. Doch, sie möchte kommen, aber sie kann nicht, der Baron ist bei ihr –. „Herein!“ rief ich mit belegter Stimme und wandte mich ab, ich wollte nicht hinsehen.

„Guten Abend“, sagte Bibiche. „Oh, hier riecht es nach gebratenen Äpfeln, das ist nett, das habe ich gern. Nun? Ich habe Sie nicht lang warten lassen – wie?“

Ich sah Bibiche an, sie stand in Mantel und Schneeschuhen in der offenen Tür, ich blickte auf die Uhr, es war drei Minuten nach neun.

Sie hielt mir die Hand zum Kuß hin.

„Wirklich – ich bin selbst erstaunt, wie pünktlich ich bin. Das ist sonst gar nicht meine Art. So wohnen Sie also. Ich habe manchmal darüber nachgedacht, wie das Zimmer aussieht, in dem Sie leben."

Ich half ihr aus dem Mantel.

„Sehen Sie sich nicht um, Bibiche", bat ich, und mein Herz klopfte. „Es ist so trist hier. Das Zimmer – "

Sie lachte mich an, sie hatte eine besondere Art, mit den Augen und mit den Nasenflügeln zu lachen.

„Ja", meinte sie, „das sieht man schon, daß Sie in diesem Zimmer noch nicht viel Damenbesuche empfangen haben. Oder vielleicht doch? Besuche aus Rheda? Oder gar aus Osnabrück? – Das Licht ist ein bißchen zu grell, Sie können es auslöschen, die Tischlampe genügt – ja, so ist es recht."

Ich stellte die Teemaschine auf den Tisch und zündete den Spiritus an. Wir waren beide befangen, aber keiner wollte es den andern merken lassen.

„Ist es kalt draußen?" fragte ich, um irgend etwas zu sagen.

„Ja. Das heißt – ich weiß es nicht. Vielleicht. Ich habe nicht darauf geachtet. Ich hatte Angst, ich lief."

„Sie hatten Angst?"

„Ja, wirklich. Ich war recht dumm. Als ich zu Hause die Tür hinter mir schloß, da war mir so leicht zumut. Aber dann! Der Weg hierher durch die Dunkelheit! Da bekam ich Angst. Da war der kurze Weg so furchtbar lang."

„Ich hätte Sie nicht allein gehen lassen dürfen", sagte ich.

Sie zuckte die Achseln.

„Angst habe ich nämlich auch jetzt", bekannte sie. „Kann niemand hereinkommen? Wenn jetzt ein Patient – "

„Das ist um diese Zeit nicht sehr wahrscheinlich", sagte ich. „Aber wenn einer kommt, dann zieht er unten die Glocke. Herauf lasse ich ihn nicht."

Sie zündete sich eine Zigarette an.

„Wir werden Tee trinken und ein wenig plaudern, und dann gehe ich", erklärte sie.

Ich schwieg. Sie blickte in die blaue Flamme des Spirituskochers. Der Schneider unten bekam wieder seinen Hustenanfall.

Sie erschrak.

„Wer ist das?" fragte sie.

„Das ist mein Hauswirt. Er hat eine leichte Bronchitis."

„Wird das die ganze Nacht so gehen?" erkundigte sie sich.

„Nein. Wenn er nicht einschläft, gehe ich hinunter und gebe ihm Kodein oder ein anderes Mittel."

Irgend etwas schien sie zu ärgern.

„Ich weiß wirklich nicht, weshalb ich hergekommen bin", meinte sie. „Können Sie mir's vielleicht sagen? Ja, schauen Sie nur, schauen Sie mich nur recht gut an. Was erwarten Sie denn eigentlich? Daß ich Ihnen an den Hals fliege? Nicht einmal richtig guten Abend haben Sie mir gesagt."

Ich beugte mich über sie und legte meinen Arm um ihre Schulter. Aber sie wehrte sich, sie wollte sich nicht küssen lassen, sie stieß mich zurück.

„Bibiche!" rief ich erstaunt und ein wenig verletzt.

„Ja? Ich bin's noch immer", lachte sie. „Immer noch dieselbe Bibiche. Sind Sie aber ungeschickt! Das Kleid haben Sie mir zerrissen. Haben Sie vielleicht etwas blaue Seide? Nein. Woher sollten Sie auch blaue Seide haben."

Ich erbot mich, zum Schneider hinunterzugehen und blaue Seide von ihm zu verlangen. Sie war damit einverstanden.

„Gehen Sie", sagte sie. „Aber bleiben Sie nicht zu lange fort. Ich habe Angst, ja wirklich, ich fürchte mich allein. Ich sperre hinter Ihnen die Tür zu. Sie müssen klopfen und sagen, daß Sie es sind, sonst mache ich nicht auf."

Als ich zurückkam, fand ich die Tür unversperrt. Ich trat ein.

Bibiche stand vor dem Spiegel und ordnete ihr Haar. Ihr Kleid lag auf dem Diwan. Sie hatte einen rotgestickten Kimono lose um ihre Schultern geworfen, es war mir gar nicht aufgefallen, daß sie ihn mitgebracht hatte. Der Spiegel zeigte ihr klares, schönes, ruhiges und entschlossenes Gesicht.

„So", sagte sie, ohne sich nach mir umzuwenden. „Jetzt dürfen Sie mir guten Abend sagen."

Ich nahm ihren Kopf zwischen die Hände und bog ihn zurück. Sie stieß einen Wehlaut aus, vielleicht war ich zu heftig gewesen. Es war ein schmerzhaft-wilder Kuß, in dem wir einander fanden.

„Du bist hergekommen und hast meine Ruhe gestört", klagte sie, als ich ihre Lippen endlich freigab. „Du hast es in den Augen. Erreichst du es immer so leicht bei den Frauen? Wenn du einen anschaust – liebst du mich eigentlich?"

„Spürst du das nicht, Bibiche?"

„Ja, aber ich will es auch hören. Nein, sag es mir nicht. Sag mir lieber – wo hast du gelebt in diesem Jahr, in dem wir einander nicht gesehen haben? Hast du eine Geliebte gehabt? War sie schön? Schöner als ich? Ja? Nein? Wirklich nicht? Deswegen mußt du aber nicht aufhören, mich zu küssen. Man kann Antwort geben und küssen zugleich – oder kann man das nicht?"

Sie schloß die Augen und ließ sich von mir küssen, der Kimono glitt von ihren Schultern, und ein Schauer des Glücks durchlief mich, als ich sie so in meinen Armen hielt.

Gegen Morgen, als es zu dämmern begann, verließ mich meine Geliebte. Ich durfte sie nicht begleiten. Im Hausflur, in dem dunklen Winkel zwischen der Treppe und der Tür der Schneiderwerkstatt nahmen wir Abschied.

„Ja, ich komme bald", sagte sie und schmiegte sich an mich. „Nein, morgen nicht. Wir haben viel Arbeit in den nächsten Tagen, aber wenn wir sie hinter uns haben – ich werde dich nicht warten lassen. Ich möchte ja so gerne noch bleiben, aber – ich muß nach Haus, ich muß nach Haus, die Katze schleckt den Milchtopf aus. Nein, du Dummer, ich habe keine Katze, das ist ein kleines Kinderlied. Wenn ich jetzt jemandem begegne, dann sag ich, daß ich spazieren war. Wird man's mir glauben? Und wenn nicht – mir ist's einerlei. Küß mich noch einmal. Woher weißt du eigentlich, daß man mich als Kind Bibiche gerufen hat – hab ich dir's gesagt? Wir müssen uns heute noch sehen. Wenn du vorüberkommst, klopf an mein Fenster. Noch einen Kuß! Und jetzt – –"

Ich sah ihr nach, wie sie mit kleinen, vorsichtigen

Schritten durch den Schnee ging. Einmal wandte sie sich um und winkte mir zu. Als sie verschwunden war, ging ich in mein Zimmer hinauf. In mir war eine Art freudiger Unruhe, nie zuvor hatte ich ein ähnliches Gefühl gehabt. Es war mir, als müßte ich jetzt sogleich etwas ganz Neues beginnen – etwa reiten lernen oder eine wissenschaftliche Arbeit in Angriff nehmen oder wenigstens allein eine Stunde lang durch den Schnee laufen.

Dann, um neun Uhr begann für mich der Tag, er begann genauso wie alle früheren, als wäre nichts in dieser Nacht gewesen. Der erste Patient erschien, es war der Mann mit den neuralgischen Schmerzen. Ich begrüßte ihn mit wirklicher Wiedersehensfreude und mit einer Art Rührung. Ich hatte ihn fortgeschickt, weil ich Bibiche erwartet hatte, und jetzt, da sie gegangen war, jetzt war er wieder da. Wie einen lieben, alten Freund empfing ich ihn. – „Nun, wie haben Sie die Nacht verbracht? Erzählen Sie!" sagte ich und bot ihm eine Zigarre an, Cakes, Datteln und ein Glas Likör.

Neunzehntes Kapitel

Es gelang mir in den nächsten Tagen nicht, Bibiche allein zu treffen. Sooft ich am Pfarrhaus vorüberkam, war der Freiherr von Malchin bei ihr im Laboratorium. Wenn ich durch das Fenster blickte, sah ich im Schein der Lampe seinen schmalen Kopf mit der hohen Stirne und den angegrauten Schläfen, er hielt eine Eprouvette in der Hand, oder er stand mit Bibiche vor einem zylinderförmigen Glasgefäß, das aussah wie ein Soxhletapparat. Einmal war es dunkel im Laboratorium, da saß Bibiche im Nebenzimmer an der Schreibmaschine, und er schien auf- und abzugehen und ihr zu diktieren, ich sah ihn nicht, ich sah nur seinen Schatten die Wand entlang und über den Fußboden gleiten.

Er war immer bei ihr, sie hatte keine Zeit für mich, aber das beunruhigte mich nicht mehr. Jene Nacht, in der sie meine Geliebte geworden war, hatte manches in mir geändert. War ich vorher krank gewesen, so fühlte ich mich jetzt gesundet. Die Zweifel, die mich zerrissen hatten, waren verschwunden, ich war nicht mehr von ewig wechselnden Stimmungen gequält. Ich liebte Bibiche vielleicht noch heftiger als je zuvor, ich liebte sie, wie ich sie heute liebe. Aber in mir war jetzt eine große Ruhe, mir war zumute wie einem Bergsteiger, der nach unendlicher Mühsal und Gefahr eine steile Wand erklommen hat, und nun liegt er in der Sonne, berauscht und glücklich und voll Selbstvertrauen. So war die Zeit des Wartens leicht zu ertragen. Ich wußte, daß Bibiche wiederkommen werde, sobald ihre Arbeit beendet war. Und wenn ich mich einsam fühlte in meinem Zimmer, wenn mir bange war nach ihr, dann flogen meine Gedanken zurück in jene Nacht.

Ich hatte auch mehr Arbeit als zuvor in diesen Tagen. Es gab zwei Diphteriefälle im Dorf, und dazu kam, daß mich der Zustand der kleinen Elsie mit Besorgnis erfüllte. Sie hatte den Scharlach überstanden. Die Abschuppung war beendet, aber der zarte Organismus war geschwächt, das Kind brauchte Luftveränderung, ein längerer Aufenthalt in einem weniger rauhen Klima schien mir geboten. Ich mußte über die Sache mit dem Freiherrn von Malchin sprechen, dem seine Pläne so wenig Zeit für sein kleines Mädchen übrig ließen.

Ich kam vom Försterhaus, es war ein Sonnabend – eine Woche ist seit jenem Tag vergangen. Vor einer Woche ging ich in Morwede durch die Dorfstraße, ich suchte den Baron. Die Dorfleute standen in kleinen Gruppen vor dem Gasthaus zum Hirschen und vor dem Krämerladen, Männer und Frauen, alles war da, was nicht zu Hause saß und Kartoffeln schälte. Die Bauern waren schweigsam wie immer, aber in ihren müden, vom Wetter gegerbten und von Sorgen zerfurchten Gesichtern lag etwas wie unruhige Erwartung. Sie sahen einem mit Bierfässern beladenen Schlitten nach, der langsam in die Richtung des Herrenhauses fuhr, der Kutscher ging nebenher und ließ die Peitsche knallen. Der Krämer berichtete mir sofort und ohne daß ich ihn erst fragen mußte, daß der Baron zur Feier seines Namenstages das ganze Dorf auf den Gutshof geladen habe. Für die Wirtschaftsbesitzer und die Pächter sei der große Gartensaal im Herrenhaus hergerichtet worden, die Bauernknechte und die Holzarbeiter sollten in den Gesindestuben, die im Erdgeschoß des Verwaltungsgebäudes lagen, bewirtet werden. Es werde Schweinebraten und Wurst mit Sauerkohl geben, dazu zwei Gläser Schnaps für jeden und Bier, soviel man wolle. Und von ihm, dem Krämer, habe der Herr Baron eine ganze Kiste Lebkuchen bezogen, der sei zur Verteilung an die Dorfkinder bestimmt, damit auch sie eine kleine Freude hätten. So freigebig sei der Herr Baron in den früheren Jahren nie gewesen.

„Die Bauern", fuhr der Krämer fort, „reden davon, daß der Herr Baron heute zur Feier des Tages einigen von den Kätnern den rückständigen Pachtzins erlassen werde. Aber ich glaub es nicht. Wo bliebe da die Ordnung? Ich kenne den Herrn Baron, er hat ein Herz für die armen Leute, aber was den Pachtzins betrifft, da läßt er nicht mit sich spaßen, Ordnung muß sein, wo käme man denn hin? Wenn die Leute erst einmal merken, daß man es mit dem Pachtzins nicht mehr genau nimmt – was gibt's, kleiner Mann, hast du's so eilig? Wo brennt's denn? Um dreißig Pfennig Rauchtabak für den Großvater. – Da ist der Rauchtabak, verlier ihn nicht, und grüß den Großvater von mir, und jetzt lauf, aber renn mir den Kirchturm nicht um!"

Das galt einem kleinen Buben, der mit seinen Groschenstücken ungeduldig auf den Ladentisch geklopft hatte, um den Redefluß des Krämers zu unterbrechen.

Es war dunkel im Laboratorium und dunkel im Zimmer nebenan. Ich klopfte an das Fenster, nichts regte sich, ich klopfte nochmals und stärker – alles blieb still, niemand kam, mir zu öffnen. Ein unangenehmes Gefühl beschlich mich. Sonst war Bibiche um diese Stunde immer im Laboratorium gewesen. War sie verreist? Hatte sie der Baron etwa wiederum nach Berlin geschickt? Fuhr sie vielleicht jetzt eben in dem grünen Cadillac über den Bahnhofplatz von Osnabrück? Nein! – sagte ich mir. – Das ist nicht möglich. Wenn sie verreist wäre – das hätte sie mir gesagt. Sie fährt nicht fort ohne ein Wort des Abschieds nach alldem, was zwischen uns gewesen ist. Aber vielleicht hat sie ihre Arbeit beendet? Es ist ihr gelungen, das Präparat geruchlos zu machen – ein muffiger Geruch ist das gewesen, mir ist damals ganz übel geworden –, und jetzt sind sie soweit, daß sie das Experiment ausführen können, das Experiment auf breiterer Basis – natürlich! Das ganze Dorf ist heute abends auf dem Gutshof zu Gast geladen. Zwei Gläser Schnaps ein jeder und Bier, soviel er will. Im Bier ist es also nicht, da wäre ja die richtige Dosierung nicht möglich, wenn jeder davon trinken kann, soviel er will. Aber im Schnaps. Mit dem Schnaps zugleich trinken die Bauern das Rauschgift, das Bibiche aus dem Muttergottesbrand destilliert hat. Morgen ist vielleicht die Kirche voll betender Bauern – warum wehrt sich der Pfarrer so dagegen? Und morgen kommt Bibiche, sie hat es mir versprochen. – „Wenn die Arbeit beendet ist – ich lasse dich nicht warten" – hat sie gesagt.

Ich war auf dem Gutshof angelangt. Es war niemand da, den ich nach dem Baron hätte fragen können. Die Diener waren vermutlich alle im Gartensaal und im Verwaltergebäude mit den Vorbereitungen für das Fest beschäftigt. Ich trat in die Halle. Das abgedämpfte Licht der Lampe fiel auf zwei Gestalten, die in den holzgeschnitzten Armstühlen schweigend einander gegenüber saßen. Die eine von ihnen erhob sich, als ich eintrat, und ich erkannte den Pfarrer.

„Guten Abend, Herr Doktor", begrüßte er mich. „Sie suchen den Herrn Baron? Hier sitzt er und schläft. Ja, wahrhaftig, er ist im Sitzen eingeschlafen – so fand ich ihn, als ich hierher kam. Auch ich hatte mit ihm zu sprechen. Sie können ruhig näherkommen. Sie wecken ihn nicht. Er schläft den Schlaf des Gerechten."

Geräuschlos zog ich die Tür hinter mir zu, auf den Fußspitzen näherte ich mich dem Baron. Er saß vornübergebeugt, sein Kopf ruhte auf seinem Arm, gleichmäßig und ruhig ging sein Atem. Ein Buch lag aufgeschlagen vor ihm auf dem Tisch; während er im Lukian las, hatte ihn die Müdigkeit übermannt.

„Ist es nicht erstaunlich, daß er so ruhig schlafen kann?" fuhr der Pfarrer fort. „Kein Schatten von Angst, von Sorge oder von Zweifeln regt sich in dem Traum dieses Mannes, der solche Last der Verantwortung auf sich geladen hat."

„Und Sie, Hochwürden, wollen die Verantwortung nicht mit ihm teilen?" fragte ich leise und zögernd. „Geschieht nicht alles, was er plant, zum Wohl der Kirche Christi?"

„Nein", sagte der Pfarrer leise und bestimmt. „Die Kirche Christi hat nichts mit dem, was dieser Mann im Sinne hat, zu schaffen. Die Kirche Christi ist gebaut auf Gottes Allmacht und nicht auf Menschenwitz. Der Mensch ist auf Erden, daß er aus seinem freien Willen Gott lobpreise – wissen Sie das nicht?"

Ich schwieg. Es war ganz still in der Halle, nur die leisen Atemzüge des Schlafenden waren zu hören.

„Und warum, Hochwürden, haben Sie Ihren Pfarrkindern nicht untersagt, hierher zu kommen?" fragte ich.

„Ich habe daran gedacht", gab er zur Antwort. „Aber

es hätte nichts geholfen, sie wären dennoch gekommen. Sie hören nicht auf mich."

„Wenn sich in die Pläne dieses Mannes kein Irrtum eingeschlichen hat", sagte ich, „dann werden die Bauern von Morwede von nun an auf Sie hören."

Der Pfarrer sah mich an, und dann blickte er an mir vorbei auf den Schläfer im Armstuhl.

„Meinen Sie?" sagte er. „Kennen Sie denn die Menschen hier? Kennen Sie überhaupt die Menschen, Sie junger Herr? Ich bin alt geworden zwischen meinen Bauern und Holzknechten, junger Herr, ich bin mit allen ihren Sorgen vertraut, ich kenne ihre Gedanken, ihre Wünsche, ihre Begierden, ich weiß, was sich heimlich in ihren Seelen regt. Ich habe Angst."

Er wies auf den Baron.

„Sehen Sie – ich bin hierher gekommen, um nochmals mit ihm zu sprechen. Vielleicht – dachte ich – gelingt es mir in letzter Minute, ihn umzustimmen, ihm das Furchtbare der Verantwortung vor Augen zu führen, ihn zurückzuhalten. Und dann saß ich da – eine halbe Stunde lang saß ich ihm gegenüber und beobachtete seinen Schlaf. Wenn ein Zucken der Unruhe über sein Gesicht gelaufen, wenn ein Stöhnen aus seinem Traum gekommen wäre –! Aber sehen Sie doch, wie ruhig er schläft. Und ein Mann, der eine Stunde vor der Entscheidung solch einen ruhigen Schlaf hat, der läßt sich nicht warnen. Ich habe ihm nichts mehr zu sagen. Ich gehe. Gute Nacht."

Auch ich verließ die Halle, ich ging die gewundene Treppe hinauf, um Bibiche zu suchen.

Zwanzigstes Kapitel

In dem kleinen Salon, in dem der Freiherr von Malchin nach Tisch seinen Mokka zu nehmen und die Zeitung zu lesen pflegte, stieß ich auf Federico und den Fürsten Praxatin. Sie saßen am Kartentisch. Praxatin nickte mir vertraulich und ein wenig zerstreut zu, als ich eintrat, und nahm weiter keine Notiz von mir. Federico hingegen sah mich über die Karten hinweg unverwandt an; er wußte, daß ich aus dem Försterhaus kam. Sonst hätte ich ihm gewöhnlich irgendeine Nachricht von der kleinen Elsie gebracht, daß es ihr besser gehe oder daß sie nach ihm gefragt habe. Diesmal aber schwieg ich. Ich dachte daran, daß ich dem Baron raten wollte, das Kind nach dem Süden zu schicken – doch das erschien mir jetzt plötzlich nicht mehr als eine ärztliche Maßnahme, an deren Notwendigkeit ich glaubte, sondern wie ein häßlicher Verrat an Federico. Vor diesen großen, irisblauen Augen, die fragend auf mich gerichtet waren, wurde ich unsicher. Ich wich ihnen aus und tat, als sähe ich interessiert dem Kartenspiel zu.

Ich weiß nicht, welches Spiel die beiden spielten, aber das sah ich bald, daß es nicht den Verlauf nahm, den der Russe wünschte, denn er blickte mißmutig vor sich hin und begleitete die einzelnen Phasen der Partie mit ärgerlichen Ausrufen in russischer und in deutscher Sprache.

Plötzlich warf er die Karten auf den Tisch.

„Ich kann das unmöglich verstehen", rief er. „Gestern, Federico, waren Sie nicht imstande, eine einzige Partie zu gewinnen, heute aber sind Sie plötzlich ein Meister geworden, ganz anders spielen Sie, sogar Tricks, die ich Sie nicht gelehrt habe, wenden Sie gegen mich an, und schon habe ich Ihnen den Bon zurückgeben müssen, den Sie gestern an mich verloren haben. Das kann mit rechten Dingen nicht zugehen. Jetzt, Federico, schauen Sie nicht den Doktor an – mir schauen Sie ins Gesicht! Sagen Sie mir die Wahrheit: Wer hat Sie diese Tricks gelehrt?"

„Niemand hat mich Tricks gelehrt", sagte Federico. „Ich habe in der Nacht darüber nachgedacht, wie ich spielen müßte, um Sie zu besiegen."

„In der Nacht haben Sie nachgedacht!" rief der Russe voll Entrüstung. „Sie sollen aber nicht nachdenken, das ist ein unerlaubter Vorteil, den Sie sich verschaffen. Da seh einer! Der Fuchs tut, als ob er schliefe, aber in Wirklichkeit zählt er die Hühner. Das ist nicht fair, Federico. Unter Gentlemen ist es nicht üblich, nachzudenken und sich heimlich Tricks zu ersinnen."

„Das habe ich nicht gewußt", sagte Federico.

Der Russe wandte sich an mich.

„Sie glauben nun vielleicht, Doktor", sagte er, indem er die Karten mischte und von neuem austeilte, „daß ich zu meinem Vergnügen mit Federico Karten spiele, um mir die Zeit zu vertreiben, oder etwa gar, um Geld zu gewinnen. Ganz falsch, Doktor, wäre eine solche Meinung. Ich habe die Aufgabe übernommen, seinen Geist zu bilden und ihn zu jenen großen Problemen zu führen, die allein die Denker befriedigen, denn sehr stark, Doktor, ist meine Neigung zur Philosophie, unaufhörlich denke ich über die schwierigsten Dinge nach, so zum Beispiel über die Grenzen des unendlichen Raumes, Tag und Nacht beschäftigt mich dieses Problem. Aber bevor ich mich an meine Aufgabe wage, muß ich Federico erst in die Gesetze des logischen Denkens einführen. Dazu dient mir das Kartenspiel. Täglich spiele ich mit ihm, viel Zeit lasse ich es mich kosten. Dabei leitet mich auch eine erzieherische Absicht. Ich arbeite daran, daß Federico des Spielens überdrüssig wird, in einem Jahr vielleicht schon wird er die Karten nicht einmal mehr ansehen können. Einen wahren Abscheu vor jedem Kartenspiel bringe ich ihm bei. Ich bewahre ihn damit vor Gefahren, denen ich selbst nicht immer entgangen bin. Ich werde traurig, Doktor, wenn ich an mein vergangenes Leben denke. Alles Verlorene findet man wieder, nur die verlorene Zeit, die findet man nicht. Ich verbinde mit diesen Übungen außerdem noch etwas französische Konversation."

Er hatte die Karten ausgeteilt und sagte zu Federico:

„Mais vous êtes dans les nuages, mon cher. A quoi songez-vous? Prenez vos cartes, s'il vous plaît! Vous êtes le premier à jouer."

Federico nahm die Karten und ließ sie wieder sinken. Er sah mich an.

„Sie sehen aus, Doktor, als hätten Sie mir etwas zu sagen."

Ich schüttelte den Kopf.

„Oder als wollten Sie mir etwas verschweigen. Ja, das ist es. Sie verschweigen mir etwas."

Seine ängstlich forschenden Augen brachten mich in Verwirrung.

„Ich hatte die Absicht, damit zu warten", begann ich. „Erst morgen wollte ich es Ihnen sagen. Aber da Sie mich fragen –. Ich halte es für notwendig, daß die kleine Elsie –"

Er schien erraten zu haben, was ich ihm anzukündigen hatte. Der Ausdruck von ängstlicher Spannung verschwand aus seinem Gesicht, und an ihre Stelle trat Haß, ein Haß, wie ich ihn noch nie in einem Menschengesicht gesehen hatte. Ich erschrak, ich wurde zum Feigling vor dem Blick dieses Knaben.

„Ich halte es nicht für notwendig, daß die kleine Elsie noch weiter isoliert bleibt", verbesserte ich mich. „Ich habe nichts mehr dagegen, daß Sie sie besuchen."

Er sah mich an, erst mißtrauisch, dann überrascht, dann fassungslos, dann strahlend.

„Ich darf zu ihr?" rief er. „Sie erlauben es? Und ich hielt Sie für meinen Feind. Sie geben mir mein Wort zurück? Ich danke Ihnen. Geben Sie mir Ihre Hand. Ich danke Ihnen. Und jetzt gehe ich."

„Gehen Sie heute noch nicht", bat ich ihn. „Sie schläft. Sie werden sie wecken."

„Nein, ich wecke sie nicht. Seien Sie ohne Sorge. Ganz leise gehe ich ins Zimmer und ganz leise wieder hinaus. Nicht einmal atmen werde ich. Nur sehen will ich sie."

Ein Schatten flog plötzlich über sein Gesicht.

„Werden Sie es nicht meinem Vater sagen, daß ich zu Elsie gegangen bin?"

„Nein. Ich werde Sie nicht verraten."

„Sie wissen – wenn mein Vater es erfährt –. Er hat mir schon einmal gedroht, daß er sie in die Schweiz oder nach England bringen werde. Aber ich könnte nicht leben ohne sie."

„Ach, Sie könnten leben", murmelte der Russe. „Ganz bestimmt sogar könnten Sie ohne sie leben."

„Ihr Vater wird es nicht erfahren", versprach ich und gab den Gedanken, das kranke Kind nach dem Süden zu schicken, auf. – Sie wird auch hier gesund werden – redete ich mir zu, um mein Gewissen zu beruhigen –, vielleicht ist gerade die Waldluft gut für sie, und in ein paar Wochen ist es Frühling.

Federico wendete sich an den Russen.

„Ich gehe jetzt, Arkadji Fjodorowitsch. Sie haben es gehört, der Doktor hat mir mein Wort zurückgegeben. Leben Sie wohl. Es tut mir leid, daß ich Sie erzürnt habe. Morgen, Arkadji Fjodorowitsch, gebe ich Ihnen Revanche."

Er ging, und der Russe blickte ihm verärgert nach. Dann begann er, mir Vorwürfe zu machen:

„Gerade jetzt, während das Spiel noch im Gang war, mußten Sie ihm das sagen? Damit hätten Sie wahrhaftig noch warten können. Was kann man denn jetzt noch Vernünftiges beginnen? Gar nichts. Acht Uhr ist es. Es bleibt mir wirklich nichts anderes übrig, als hinunterzugehen und mich um unsere Gäste zu kümmern."

Als ich in die Halle zurückkam, traf ich Bibiche. Sie war allein.

Sie sprang auf, lief auf mich zu und faßte mich mit einer Bewegung, die nur ihr eigen war, an den Handgelenken.

„Wo warst du?" rief sie. „Überall habe ich dich gesucht, seit Stunden suche ich dich. Ich bin fertig, hörst du? Fertig sind wir mit der Arbeit. Tagelang hab ich dich nicht gesehen – hast du überhaupt an mich gedacht? Du machst dir wohl gar nichts mehr aus mir, wie? Nun – worauf wartest du? Soll ich dich etwa um einen Kuß bitten? Danke. Sehr gnädig. Ja, du darfst mich noch einmal küssen. Er ist hinuntergegangen, aber ich werde ihn schon wieder versöhnen."

Ich begriff nicht gleich, daß sie jetzt von dem Freiherrn von Malchin sprach.

„Ich habe mit ihm gestritten. Eine sehr ernste Diskussion. Mit wem? Mit dem Baron hab ich gestritten. Es war wegen des Rauschgifts. Er meinte, wir beide, er und ich, wir sollten es nicht nehmen. Wir seien die Führer – sagte er –, wir müßten leidenschaftslos und mit klarem Kopf über den Dingen stehen, wir seien dazu da, um zu lenken, nicht aber, um mitgerissen zu werden. Darüber stritten wir. Ich sagte, über den Dingen stehen, das heiße, außerhalb der Dinge stehen, und gerade weil er der Führer sei, müsse er fühlen, wie die Menge fühlt, und denken, wie die Menge denkt. Ich konnte ihn nicht überzeugen und er nicht mich. Er war ein wenig verstimmt, als er mich verließ."

„Und du wirst das Rauschgift nehmen, Bibiche?" fragte ich.

„Komm, setz dich!" sagte sie und zog mich zu sich auf die Bank beim Kamin. „Liebster, ich habe es schon genommen. Wenn du mich warnen willst – dazu ist es zu spät. Ich mußte es nehmen. Du sollst mich verstehen. Ich bin kein sehr glücklicher Mensch, weißt du –, vielleicht deswegen bin ich es nicht, weil ich meinen Glauben verloren habe. Und ich möchte einmal wieder beten können, wie ich als Kind gebetet habe. Seit sie meinen Vater erschossen haben – das weißt du nicht? Das hab ich dir nicht erzählt? Als in Griechenland die Republik ausgerufen wurde, damals. – Nein, nicht in einem Straßenkampf. Standrechtlich wurde er verurteilt und erschossen. Er war Adjutant des Königs. Von dem Haus, in dem wir wohnten, konnten wir die Schüsse und den Trommelwirbel hören. Seit diesem Tag hab ich nicht gebetet. Ich habe nur an die Wissenschaft geglaubt und nicht an Gott. Und ich möchte wieder beten können, ich möchte meinen Kinderglauben wiederhaben – verstehst du mich jetzt?"

Eine Weile hindurch schwiegen wir beide. Sie lehnte sich an mich.

„Ich war bei dir heute, weißt du das?" sagte sie plötzlich. „Ich war bei dir und habe dich gesucht, ganz allein bin ich in deinem Zimmer gesessen. Ich hatte es dir ja versprochen, daß ich kommen würde, sowie die Arbeit beendet ist. Angst hatte ich genug, aber trotzdem bin ich die Treppe hinaufgelaufen und hab oben bei dir gewartet. Dein Hauswirt hat noch immer diesen Husten. Warum riecht es immer nach Chloroform in deinem Zimmer, ganz müde wird man davon. Das Feuer im Kamin und alles so still – beinahe wäre ich eingeschlafen. Und du? Wo warst du? Hast mich warten lassen! Hier hast du mich gesucht? Überall hast du mich gesucht, nur bei dir zu Hause nicht? Das ist lustig.“

Sie warf den Kopf zurück und lachte, mit den Augen und mit den Nasenflügeln lachte sie.

„Nein, heute komme ich nicht mehr“, sagte sie dann. „Ich bin ein bißchen müde, weißt du, ich gehe bald nach Hause. Nein, mach doch nicht gleich ein so bestürztes Gesicht. Morgen komme ich. Um neun Uhr? Nein, früher, viel früher. Sowie es dunkel ist. Es wird klopfen, und Bibiche wird da sein. Du mußt nur dafür sorgen, daß niemand mehr bei dir ist. Aber morgen ist ja Sonntag. Das weißt du nicht, daß morgen Sonntag ist? Sag mir, wo lebst du eigentlich? Man sieht, daß es dir gut geht. Nur im Traum oder wenn es einem gut geht, weiß man nicht, was für ein Tag es ist.“

Spät in der Nacht ging ich noch einmal ins Herrenhaus zurück.

Ich trat in den Gartensaal. Der große Raum war überheizt, beißender Tabaksqualm schlug mir in dichten Wolken entgegen, es roch nach Bier, nach kalt gewordenen Speisen und nach allzuviel Menschen. Irgendwo wimmerte eine Ziehharmonika. Die Bauern saßen beim Bier und diskutierten ein wenig lauter als sonst, hie und da flog ein Scherzwort über den Tisch, das ich nicht verstand. Die Frauen drängten zum Aufbruch. Mein Hauswirt, der Schneider, trat mit einem anderen Mann, den er mir als seinen Schwager vorstellte, auf mich zu und bestand darauf, daß wir einander zutrinken sollten.

Den Baron sah ich nicht, nur den Fürsten Praxatin sah ich. Er war es, der die Ziehharmonika spielte. Er saß auf einem leeren Bierfaß und sang den Bauernweibern, die ihn verwundert und verständnislos anstarrten, ein russisches Lied vor, das Lied von den schwarzen Husaren, die in die Schlacht ziehen. Er war der einzige, der zuviel getrunken hatte.

Einundzwanzigstes Kapitel

Am nächsten Tag wartete ich zu Hause, und als es in meinem Zimmer dunkel zu werden begann, legte ich das Buch fort, in dem ich bis dahin gelesen hatte. Ich fühlte keine Ungeduld, ich war sicher, daß Bibiche kommen werde, und genoß das Glück des Wartens und die leise Erregung, die in mir zitterte, so wie man eine süße Frucht oder alten, schweren, kostbaren Wein genießt. Die Zeit verging – mochte sie vergehen! Irgendwann – sagte ich mir –, wenn es dunkel ist, wird es an die Türe klopfen, und Bibiche ist da.

Aber wann ist es eigentlich dunkel? – fragte ich mich. Ich konnte noch immer in meinem Zimmer Stuhl und Tisch und Spiegel und Schrank unterscheiden, ja sogar die shakespearischen Figuren auf der Heliogravüre an der Wand vermochte ich zu erkennen, den König, den Narren, die schutzflehende Frau und die exotische Gesandtschaft. Noch war es also nicht dunkel. Eine Weile hindurch blickte ich auf das Bild – jetzt verschwammen die Konturen, nur der König und der Narr waren zu erkennen, und nun auch die nicht mehr, aber der vergoldete Rahmen, der hob sich auch jetzt deutlich von der Wand und von der Bildfläche ab – völlig dunkel war es noch immer nicht.

Ich sah nicht auf die Uhr – es war ja auch gleichgültig, wie spät es war. Es mochte sechs Uhr sein oder vielleicht gar schon sieben – nein, sieben Uhr konnte es noch nicht sein, denn zwischen halb sieben und sieben pflegte mir meine Hauswirtin das Abendbrot zu bringen. Ich hatte gar keinen Hunger, ich lag auf dem Sofa und rauchte, und jetzt war es schon so dunkel, daß ich den Rauch der Zigarette nicht mehr sah.

Es ist dunkel, Bibiche – sagte ich ganz laut. Schon längst ist es dunkel geworden. Niemand sieht dich, wenn du jetzt zu mir kommst. Und jetzt mußt du kommen – hörst du? Du mußt. Ich will es. Du darfst mich nicht länger warten lassen – hörst du? – Ich biß die Zähne zusammen und hielt den Atem an und versuchte, meine Gedanken darauf zu konzentrieren, daß Bibiche jetzt kommen müsse, ich befahl es ihr. Dann schloß ich die Augen und glaubte zu sehen, wie sie unter dem Zwang meines Willens aus dem Pfarrhaus trat und mit kleinen, ängstlichen Schritten die verschneite Dorfstraße überquerte. – Das hätte ich nicht tun sollen – sagte ich mir. – Freiwillig hätte sie kommen müssen. – Ich war ganz sicher, daß sie sogleich, ehe noch eine Minute verging, an die Tür klopfen werde. Nein! Sie sollte nicht klopfen! Ich öffnete die Tür, ich wollte ihre leichten Schritte auf der knarrenden Holztreppe hören. Und während ich stand und hinaushorchte und auf die Schritte wartete, die nicht kommen wollten, schlug die Kirchturmuhr.

Also doch erst sechs Uhr. Es kann ja noch nicht sieben sein, sonst wäre das Abendbrot schon auf meinem Zimmer. Oder sollte sich meine Hauswirtin zum erstenmal verspätet haben? Ich hatte die Schläge nicht gezählt. Jetzt endlich machte ich Licht und sah auf die Uhr.

Ich erschrak. Der Stundenzeiger stand auf acht.

Es ist sonderbar: Im ersten Augenblick dachte ich nur an meine Hauswirtin, um ihretwillen war ich erschrokken. – Was ist mit ihr geschehen? – fragte ich mich. – Warum ist sie nicht gekommen? Ach, das ist ja gleichgültig – sagte ich mir dann –, was kümmert mich denn die Frau des Schneiders! Bibiche! Wo ist Bibiche? Warum ist sie nicht da? Was ist mit Bibiche geschehen?

Und jetzt erst kam die Angst, die wirkliche Angst.

Bibiche hat das Rauschgift genommen. Wer weiß denn, welche Nebenwirkungen es im menschlichen Organismus hervorruft? Man hat ja vorher keinen Versuch mit dem Rauschgift gemacht – oder doch, einen, aber den habe ich vereitelt. Meine Schuld! Es ist meine Schuld, wenn ihr etwas geschehen ist. Vielleicht ist sie krank, Herzzustände, sie ruft, und niemand hört sie, sie braucht mich, und ich bin nicht bei ihr –.

Da war ich auch schon auf der Straße. Damals war es,

daß der Motorradfahrer mir begegnete. Das Bild dieses Menschen, der mit zwei erlegten Feldhasen auf dem Rücken die Dorfstraße hinabfuhr und vor dem Gasthaus von seinem Rad sprang, war das erste, das nach meinem Erwachen in meiner Erinnerung auftauchte. Ich wich dem Mann aus, und dabei stürzte ich zu Boden. – Woher hat er die Hasen? – fragte ich mich, während ich mich aufrichtete. – Es ist ja jetzt Schonzeit für Hasen und Rebhühner. – Und dabei bemerkte ich, daß ich noch immer meine Taschenuhr in der Hand hielt, beim Fallen hatte ich das Glas zerbrochen. Ich steckte sie zu mir, und dann lief ich weiter.

Die Türe, durch die man ins Laboratorium kam, stand offen, und ich trat ein. In den Zimmern war es dunkel und eisig kalt. Ich machte Licht. Bibiche war nicht zu Hause.

Ich atmete erleichtert auf. Nein, Bibiche war nicht krank, sie war nur fortgegangen. Eine leise Hoffnung regte sich in mir. – Vielleicht ist sie jetzt bei mir, gleich nachdem ich das Haus verlassen habe, ist sie gekommen, auch gestern hat sie in meinem Hause gewartet, während ich sie überall suchte.

Eilig ging ich nach Hause zurück, mit klopfendem Herzen stieg ich die Treppe hinauf, langsam, jetzt ließ ich mir Zeit. Leise öffnete ich die Tür, ich wollte Bibiche überraschen.

Sie war nicht da. Ich fand das Zimmer so, wie ich es verlassen hatte, nur das Feuer im Kamin war ausgegangen. Und nun brach die Traurigkeit über mich herein, ich glaubte nicht mehr, daß Bibiche noch kommen könne. Irgend etwas war geschehen, irgend etwas hatte es ihr unmöglich gemacht, ihr Versprechen zu halten. Aber was? Was konnte geschehen sein?

Und da, während ich fröstelnd und voll trüber Gedanken vor dem erloschenen Kaminfeuer stand, da kam mir plötzlich ein Einfall.

Bibiche ist in der Kirche. Ganz gewiß ist sie in der Kirche – warum ist mir dieser Gedanke nicht schon früher gekommen? Das Rauschgift! Sie hat ihren Glauben wiedergefunden, seit Jahren zum erstenmal betet sie zu Gott. Sie kniet auf den kalten Steinfliesen zwischen den ekstatisch verzückten oder von Höllenfurcht besessenen Bauern, die gleich ihr das Rauschgift genommen haben, und die Orgel braust, der Pfarrer erteilt den Segen und betet das Ave Maria, und ihre Seele ist eins mit Gott.

Zur Kirche! Es fiel mir auf, wie leer die Straße war, nicht einem einzigen Menschen begegnete ich auf meinem Weg. Die Kirche lag in Dunkel, alles war still, kein Orgelklang war zu hören. Ich stieß die schwere Tür auf und trat ein.

Die Kirche war leer.

Im ersten Augenblick war ich grenzenlos erstaunt – so verlassen hatte ich die Kirche noch nie gesehen. Aber dann sagte ich mir, daß der Abendsegen eben schon vorüber sei, es war ja halb neun. Doch wo war Bibiche? Zu Hause war sie nicht, in der Kirche war sie nicht – wo konnte sie sein?

Im Herrenhaus – gab ich mir zur Antwort. – Bei dem Freiherrn von Malchin. Er war verstimmt, sie haben miteinander gestritten, und nun hat sie Mühe, ihn zu versöhnen. Darum also ist sie nicht zu mir gekommen.

Schneetreiben hatte eingesetzt, ein eiskalter Wind fuhr mir in kurzen, heftigen Stößen pfeifend ins Gesicht. Ich schlug den Kragen meines Mantels hoch und kämpfte mich vorwärts durch Schnee und Wind. Eine Woche ist seitdem vergangen, am 24. Februar, an einem Sonntag, gegen neun Uhr abends, ging ich zum letztenmal in das Haus des Freiherrn von Malchin.

Auf dem Wege begegnete ich nur einem einzigen Menschen, ich erkannte ihn, es war der Mann mit den neuralgischen Schmerzen. Er wollte an mir vorübergehen, aber ich hielt ihn auf.

„Wohin?" rief ich. „Wollen Sie vielleicht zu mir?"

Er schüttelte den Kopf.

„Zur Predigt geh ich", schrie er mir zu.

„Zur Predigt?" fragte ich. „Wo wird denn heute gepredigt?"

„Überall wird heute hier im Dorf gepredigt", bekam ich zur Antwort. „Für die armen Leute wird gepredigt. Beim Bäcker, beim Hufschmied und im Gasthaus ,Zum Hirschen'. Ich gehe zum ,Hirschen'."

„Dann gehen Sie, aber nehmen Sie sich in acht, daß

Sie sich nicht verkühlen", rief ich ihm zu. „Und lassen Sie sich das Bier im ‚Hirschen' gut schmecken."

„Dann geh ich also", gab er zurück und stampfte weiter durch den Schnee.

Ich traf den Freiherrn von Malchin in der Halle des Herrenhauses. Bibiche war nicht bei ihm.

Zweiundzwanzigstes Kapitel

Der Freiherr von Malchin saß allein in der Halle. Der Tag, auf den er so lange gewartet hatte, war gekommen. Er hatte ihm mit Ruhe entgegengesehen, und auch jetzt war kein Zeichen der Erregung an ihm zu merken. Vor ihm auf dem Tisch stand halbgeleert die Whiskyflasche, in der Hand hielt er die Zigarre, blaue Rauchwolken stiegen zur Decke empor.

Er fragte nach dem Fürsten Praxatin, den er den ganzen Tag über nicht gesehen hatte. Ich konnte ihm keine Auskunft geben. Ich dachte voll Unruhe an Bibiche, auch hier war sie nicht – wo konnte sie sein? Ich brachte es nicht über mich, den Baron nach ihr zu fragen. Er wies mit einer kurzen, beinahe herrischen Handbewegung auf einen Stuhl, ich wollte gehen und konnte es nicht, ich empfand, als ich ihm so gegenüber stand, die Größe dieser Stunde, ich mußte bleiben.

Er begann zu sprechen. Noch einmal entwarf er vor meinen Augen das ungeheure, das gotisch emporstrebende Gebäude seiner Pläne und Erwartungen, und ich hörte ihm zu, ergriffen und bewegt von solcher Kühnheit der Gedanken. Längst schon war die Whiskyflasche geleert, dichter und schwerer wurden die Wolken von Zigarrenrauch. Noch immer sprach der Baron von dem Kaiser aus dem echten Blut und von dem neuen Reich, das kommen mußte gegen alles falsche Hoffen und Meinen der Menschen.

„Und Federico?" fragte ich, und eine unerklärliche Bangigkeit stieg plötzlich in mir auf und ließ mich erschauern. „Weiß er, wozu er berufen ist? Fühlt er sich seiner Aufgabe gewachsen? Und wird er ihr gewachsen sein?"

In den Augen des Freiherrn von Malchin leuchtete es auf.

„Ich habe ihn gelehrt, was Friedrich II. seinen Sohn Manfred gelehrt hat", sagte er. „Ich habe ihn unterrichtet über die Natur der Welt, über das Werden der Körper und die Erschaffung der Seelen, über die Vergänglichkeit der Materie und die Unwandelbarkeit der ewigen Dinge. Ich habe ihn gelehrt, unter den Menschen zu leben und dennoch über ihnen. Aber die Begnadung liegt im Blute des Geschlechts. Denen, die dem echten Blute entsprossen sind, ist es gegeben, zu wissen, was wir anderen nur ahnen oder mühsam erlernen. Er ist der dritte Friedrich, der von den Sibyllen Verheißene. Er wird die Zeit verwandeln und ihre Gesetze ändern."

„Und Sie?" fragte ich. „Wo werden Sie sein in der verwandelten Zeit?"

Auf seinen Lippen lag ein entrücktes Lächeln.

„Ich werde ihm sein", sagte er, „was Petrus dem Heiland war: ein geringer Fischer nur, aber immer an seiner Seite."

Er stand auf und horchte hinaus.

„Hören Sie die Glocken?" fragte er. „Ja? Hören Sie sie? Jetzt ordnen sich die Bauern in der Kirche zur Prozession. Jetzt werden sie kommen und ihre alten Marienlieder singen wie zu meines Großvaters Zeiten."

Ich hörte die Glocken. – „Die Kirche ist leer" – dröhnten sie. – „Die Kirche ist leer" –. Und jeder Glockenschlag traf wie mit einem Hammer mein Herz. Und in mir war eine Angst, die wuchs mit jedem Glockenschlag, schon war sie so groß, daß ich sie nicht mehr ertragen konnte, es war mir, als müßte sie mir das Herz sprengen.

Ein kalter Windstoß fuhr durch den Raum. Der Baron sah über mich hinweg auf die Türe.

„Sie sind es?" fragte er erstaunt. „Was wünschen Sie von mir? Sie habe ich um diese Stunde nicht erwartet."

Ich wendete mich um. In der Türe stand der Schullehrer.

„Sie sind noch da, Herr Baron?" keuchte er. „Ich bin hierher gelaufen, so rasch ich konnte. Warum sind Sie noch nicht fort? Wissen Sie denn nicht, was draußen vorgeht?"

„Ich weiß es", sagte der Freiherr von Malchin. „Die Glocken läuten, und die Bauern kommen in großer Prozession und singen ihre Marienlieder."

„Marienlieder?" schrie der Schullehrer. „Die Glocken läuten? Ja, die Glocken läuten, aber sie läuten Sturm, und die Bauern singen, aber nicht Marienlieder, sondern die Internationale. Sie wollen Ihnen das Dach über dem Kopf anzünden, Herr Baron."

Der Baron sah ihn an und sprach kein Wort.

„Worauf warten Sie denn noch?" rief der Schullehrer. „Ihre Pächter kommen, Herr Baron, Ihre Pächter kommen mit Dreschflegeln und Sensen. Wir waren niemals Freunde, Herr Baron, aber heute geht es um Ihr Leben. Jawohl, um Ihr Leben geht es. Sie stehen noch immer da? Holen Sie doch Ihren Wagen aus der Garage, und machen Sie sich davon!"

„Dazu ist es zu spät", hörten wir die Stimme des Pfarrers. „Sie haben das Haus umstellt. Sie lassen ihn nicht heraus."

Auf den Arm Federicos gestützt kam der Pfarrer die Wendeltreppe herunter. Die Soutane hing ihm in Fetzen vom Leib, das große blaukarierte Taschentuch, das er an seine Wange gepreßt hielt, war von Blut befleckt. Vom Park und von der Straße her hörten wir wildes Rufen und Schreien. Der Schullehrer sperrte die Tür zu und zog den Schlüssel ab.

„Sie sind über mich hergefallen und haben mich geschlagen", berichtete der Pfarrer. „Auch Weiber waren dabei. Sie haben mich fortgeschleppt und in eine Scheune gesperrt. Aber dann kümmerten sie sich nicht mehr um mich, und ich konnte fort."

– Wo ist Bibiche? – durchfuhr es mich. – Um des Himmels willen, ich muß zu ihr. Sie ist draußen allein mit den wütenden Bauern. –

„Lassen Sie mich hinaus, ich muß zu ihr!" schrie ich dem Schullehrer zu, aber der hörte nicht auf mich.

„Wenn ich nur Zeit gehabt hätte, die Hunde loszulassen", sagte der Baron. Er zog seinen Revolver und legte ihn vor sich hin auf den Tisch. Federico trat schweigend neben ihn, und ich sah das riesige Sarazenenschwert in seinen Händen, das „Al Rosub" hieß – er mochte diese völlig nutzlose Waffe oben im Schreibzimmer des Barons von der Wand gerissen haben.

„Ich beschwöre Sie, Herr Baron, schießen Sie nicht!" rief der Pfarrer. „Hören Sie die Leute ruhig an. Versuchen Sie zu parlamentieren, Zeit zu gewinnen – die Landjäger sind auf dem Weg hierher."

Ich faßte den Schullehrer am Arm.

„Ich will hinaus. Hören Sie? Geben Sie mir den Schlüssel!" rief ich, aber er machte sich los von mir, und ich rüttelte vergeblich an der verschlossenen Tür.

„Die Landjäger? Wer hat die Landjäger alarmiert?" hörte ich die Stimme des Barons.

„Ich", sagte der Pfarrer. „Ich habe heute dreimal mit Osnabrück gesprochen. Mittags und dann abends wieder."

„Sie haben die Landjäger alarmiert, Hochwürden?" rief der Baron. „Sie wußten also schon mittags – –?"

„Nein. Ich wußte nichts, aber ich ahnte alles, ich hatte Angst. Ich habe Ihnen ja immer gesagt: Sie glauben Gott zu rufen, aber es wird der Moloch kommen. – Der Moloch ist gekommen! Hören Sie ihn?"

Von draußen wurde mit Fäusten, mit Knütteln und mit einer Axt gegen die Tür geschlagen. Der Baron nahm den Revolver vom Tisch. Dann wendete er sich an Federico.

„Du gehst jetzt hinauf in dein Zimmer", befahl er.

„Nein", sagte Federico.

Wie von einem Peitschenhieb getroffen, zuckte der Baron bei diesem „Nein" zusammen.

„Du gehst hinauf und schließt dich in dein Zimmer ein", wiederholte er.

„Nein", sagte Federico.

„Federico!" rief der Freiherr von Malchin. „Hast du vergessen, was ich dich gelehrt habe? Es steht im Gesetz des alten Reiches: Welcher Sohn seinem Vater den Gehorsam bricht, der soll sein ehrlos ewiglich, so daß er nimmer wieder kommen möge zu seiner Ehre."

„Ich bleibe", sagte Federico.

Und so sah ich den Knaben zum letztenmal, so habe ich sein Bild im Gedächtnis behalten: wie er dastand, die Hände vor der Brust auf das riesige Stauferschwert gestützt, furchtlos und unbeweglich – wie ein steinernes Denkmal seines großen Ahnherrn, so stand er da.

„Aufmachen!" kam von draußen eine Stimme, und ich erschrak, es war die Stimme Bibiches. „Aufmachen! Oder die Tür wird eingeschlagen!"

Ich glaube, daß der Baron selbst es war, der die Tür aufschloß. Im selben Augenblick drang ein Dutzend Bauern mit Äxten und mit Dreschflegeln, mit Messern und mit Knütteln in die Halle, und unter den ersten, die hereinkamen, war Bibiche – Bibiche mit haßerfüllten Augen und einem kalten, harten Zug um die Lippen, und hinter ihr stand der Fürst Praxatin, der Letzte aus dem Hause Rurik, er brüllte die Worte der russischen Internationale und schwenkte eine rote Fahne.

„Halt!" rief der Baron den Bauern zu. „Stehenbleiben oder ich schieße. Was wollt ihr? Was fällt euch ein, hier einzudringen?"

„Wir sind der revolutionäre Rat der Arbeiter und Bauern von Morwede. Wir sind gekommen, um uns zu nehmen, was uns gehört", rief von der Tür her mein Hauswirt, der Schneider.

„Gesindel seid ihr!" schrie der Baron sie an. „Aufrührer seid ihr. Betrunkene Banditen."

„Wacht auf, Verdammte dieser Erde!" brüllte der Fürst Praxatin, und der Krämer drängte sich zur Tür und rief den Bauern, die draußen standen zu:

„Wir haben ihn. Er ist da."

„Krieg den Palästen!" schrie der Fürst Praxatin. „Es lebe die ökonomische Befreiung des Proletariats! Tod den Gutsbesitzern und ihren Lakaien!"

„Aufhängen! Aufhängen!" kamen Stimmen von draußen. „Bäume sind hier genug. Auch Telegraphenstangen."

„Leute!" jammerte der Pfarrer. „Um des Himmels willen, Leute, nehmt doch Vernunft an!"

„Schlagt den Pfaffen nieder!" kreischte eine Stimme, und zwischen den Köpfen der Bauern tauchte das wutverzerrte Gesicht einer Frau auf, sie hielt ein Messer in der Hand und schwang es gegen den Pfarrer.

„Zurück!" befahl scharf und schneidend der Freiherr von Malchin, und für einen Augenblick trat Ruhe ein.

„Einen Schritt noch und ich schieße. Wenn ihr mir etwas zu sagen habt, Leute, so mag einer von euch vortreten. Die anderen schweigen. So. – Und jetzt soll einer von euch sprechen. Wer tritt vor? Nur einer!"

„Ich", sagte Bibiche. „Ich werde sprechen."

Der Freiherr von Malchin beugte sich vor und sah ihr ins Gesicht.

„Sie, Kallisto?" rief er. „Sie sprechen im Namen dieses Gesindels?"

„Ich spreche im Namen der Bauern und Arbeiter von Morwede", sagte Bibiche. „Ich spreche im Namen des arbeitenden Volkes, das hier wie überall leidet. Ich spreche im Namen der Ausgebeuteten und Unterdrückten."

Der Freiherr von Malchin machte einen Schritt auf sie zu.

„Sie haben mich betrogen, nicht wahr?" fragte er mit eiskalter Ruhe. „Tag um Tag haben Sie mich betrogen. Das also war Ihre Arbeit. Womit haben Sie die Leute hier vergiftet? Gestehen Sie!"

Er hatte ihre Hand gefaßt. Sie riß sich los.

„Seht ihn euch an!" rief sie den Bauern zu. „Das ist der Parasit, der an euch frißt. Das ist der Mann, der euch die letzte Kuh aus dem Stall treiben läßt, wenn ihr den Pachtzins für euren Kartoffelacker nicht bezahlen könnt. Kein Tag, an dem ihr nicht für ihn gehungert, kein Tag, an dem er sich nicht an eurem Elend bereichert hat. Jetzt steht ihr ihm gegenüber. Rechnet ab mit ihm!"

„Genug", sagte der Baron. „Zunächst habe ich mit Ihnen abzurechnen. Sie haben mich betrogen. Sie haben mein Lebenswerk vernichtet. Warum taten Sie das? Wer hat Sie bezahlt dafür?"

Ich weiß nicht, ob ich das, was sich nun abspielte, völlig richtig wiedergeben kann. Es ist möglich, daß der zeitliche Ablauf der Ereignisse ein anderer war. Ich sah, daß irgendein schwerer Gegenstand, eine Axt vielleicht oder ein Hammer, haarscharf am Kopf des Barons vorüberflog. Er hob den Revolver und legte an, der Schuß fiel, und mich traf die Kugel, ich hatte mich vor Bibiche geworfen.

Anfangs fühlte ich nicht, daß ich verwundet war. Die Bauern stürzten vorwärts, den Baron sah ich jetzt nicht

152

mehr. – „Zurück!" – hörte ich die Stimme Federicos. – „Leute! Leute!" jammerte der Pfarrer. „Das ist ja Mord! Die Landjäger kommen." – Der Fürst Praxatin lief. mit blutüberströmtem Kopf an mir vorüber. Der Gastwirt taumelte, von einem flachen Hieb Federicos getroffen, und fiel nieder. Der Hufschmied hatte einen von den schweren Armstühlen ergriffen, um ihn auf Federico zu schleudern, ich nahm die Whiskyflasche und schmetterte sie gegen seine Hand. Er schrie auf und ließ den Stuhl fallen.

Ich spürte plötzlich einen stechenden Schmerz an der Schulter. Der Raum begann zu schaukeln und sich zu drehen. Ich sah einen Dreschflegel über meinem Kopf schweben, jetzt hob er sich, um auf mich niederzusausen. – „Die Landjäger! Die Landjäger sind da!" rief der Pfarrer, und ich hörte Hupensignale und Kommandorufe, noch immer hing der Dreschflegel über meinem Kopf und dann –

Dann verlor ich das Bewußtsein.

Dreiundzwanzigstes Kapitel

Ich liege wohlverpackt in meinem Bett, die Krankenschwester hat für einige Minuten das Fenster geöffnet, nun kommt die kalte, frische Winterluft zu mir herein. Sie tut mir gut. Ich habe keine Schmerzen mehr, ich kann sogar den Arm bewegen. Nur daß ich nicht rasiert bin, irritiert mich, ich spüre die Bartstoppeln in meinem Gesicht, dieser Zustand war mir immer unerträglich. Ich möchte aufstehen und im Zimmer umhergehen, aber die Krankenschwester gestattet es mir nicht, sie sagt, ich müßte zuerst den Oberarzt fragen.

Wie ich dieses Weib hasse! Sie sitzt beim Fenster und schlürft geräuschvoll ihren Morgenkaffee, die Häkelarbeit liegt auf dem Fensterbrett bereit. Jetzt sieht sie mich an, über den Kaffeetopf, den sie nun zum Mund führt, hinweg, ihr einfältiges Gesicht drückt so etwas wie Mißbilligung aus, wahrscheinlich will sie, daß ich ruhig liegen oder gar schlafen soll. Aber ich kann nicht schlafen, ich fühle mich nicht müde, obwohl ich fast die ganze Nacht hindurch wachgelegen bin.

Ich bin wachgelegen und habe nachgedacht. Ich sah das Herrenhaus, an dessen rötlichen Mauern die wilden Weinreben emporkletterten, ich sah den Ziehbrunnen und den Gartenpavillon, den viereckigen Kirchturm und die Häuser des Dorfes, zwischen denen immer und immer, Tag um Tag, morgens und abends, der weiße Nebel hing. Und wie an ein verlorenes Paradies dachte ich an mein armselig-nüchternes Zimmer, in dem Bibiche meine Geliebte geworden war. Bibiche! Wie hatte sie sich in jener schauerlichen Nacht verwandelt, welcher Wahn war über sie gekommen? Und die Leute von Morwede – was hatte sie getrieben, über diesen Träumer, den Freiherrn von Malchin, herzufallen wie eine Meute wütender Hunde?

Ich fand keine Antwort auf diese Fragen. Ich gab es auf, nachzusinnen und zu grübeln. Es war mir, als läge ein schwerer Stein auf meiner Brust, von dessen Last ich mich auf keine Art befreien konnte.

Erst als es Morgen wurde, schlief ich ein.

Der Oberarzt ist mit seinen beiden Assistenten ins Zimmer gekommen. Diesmal wurde mein Verband nicht erneuert.

„Nun? Wie geht es heute?" fragte der Oberarzt. „Gut geschlafen? Schmerzen? Und wie steht es mit dem Appetit? Mäßig, wie? Na, der wird sich mit der Zeit schon einstellen. Zwingen Sie sich doch ein wenig zum Essen. – Was ich Sie noch fragen wollte – wie war eigentlich die Geschichte mit dem Dreschflegel? Sie haben mir versprochen, mehr davon zu erzählen."

„Sie glauben mir ja doch nicht", sagte ich. „Sie wollen mir nicht glauben."

Er strich sich den Spitzbart.

„Das ist ein Vorurteil", meinte er. „Meinen Patienten glaube ich prinzipiell alles. Meine Patienten haben immer recht."

Er kam aber auf die Sache nicht mehr zurück. Er gab der Krankenschwester einige Aufträge, die meine Diät betrafen, und dann wollte er das Zimmer verlassen. Ich hielt ihn zurück und bat ihn, einen Raseur zu mir zu schicken.

„Das werde ich veranlassen", sagte der Doktor Friebe und machte einen Vermerk in seinen Notizblock.

Der Oberarzt lächelte.

„Sie gehören also wieder der Welt an", meinte er. „Die Eitelkeit stellt sich ein, Sie beginnen, sich um Ihren äußeren Menschen zu kümmern. Das ist ein gutes Zeichen."

Er ging, und fünf Minuten später trat in seinem blau und weiß gestreiften Zwilchkittel, mit dem Pinsel und dem Rasierzeug in der Hand, der Fürst Praxatin in mein Zimmer.

Er kam mit verdrossener Miene, als ob ihm der Auftrag, den er erhalten hatte, höchst unwillkommen wäre. Er hatte sich aber schon öfter in meinem Zimmer zu schaffen gemacht, es trieb ihn zu mir, er wollte sich die Gewißheit verschaffen, daß ich ihn nicht erkannt hatte. Dabei hatte er es bisher vermieden, in meine Nähe zu kommen, und nur, wenn er sich unbeobachtet glaubte, sah er mich verstohlen an. Oder deutete ich sein Verhalten falsch? War es *nicht* Mißtrauen oder Angst? Suchte er vielleicht eine Gelegenheit, um heimlich mit mir zu sprechen? Wenn er mir etwas zu sagen hatte, so war jetzt die Gelegenheit dazu da.

Er beugte sich über mich und seifte mich ein, und dann begann er mich zu rasieren – zu meiner Überraschung machte er seine Sache nicht ungeschickt. – Er muß sich diese Fertigkeit hier im Krankenhaus angeeignet haben – stellte ich fest. In Morwede hatte er sich allabendlich vor dem Essen von einem der beiden Herrschaftsdiener rasieren lassen.

Als er mit der Arbeit fertig war, hielt er mir einen kleinen Handspiegel vor die Augen. Noch immer sprach er kein Wort, aber ich – ich hatte jetzt mit ihm zu reden, ich wollte dem Spiel ein Ende machen, er durfte nicht fortgehen, bevor er mir Antwort auf meine Fragen gegeben hatte. Ich mußte endlich erfahren, wo sich Bibiche befand und was mit dem Freiherrn von Malchin und mit Federico geschehen war – er wußte es, er sollte es mir sagen.

„Wer hat Sie hierhergebracht?" fragte ich leise.

Er tat, als hätte ich nicht zu ihm gesprochen.

„Wie kommt es, daß Sie hier sind?" fragte ich weiter.

Er zuckte die Achseln. Und dann sagte er in seinem weichen, singenden Tonfall:

„Sie wollten doch rasiert werden. Der Doktor hat mich zu Ihnen geschickt."

Jetzt verlor ich die Geduld.

„Sie bilden sich doch nicht ein, daß ich Sie nicht erkenne", sagte ich in scharfem Ton, aber doch so leise, daß es die Krankenschwester nicht hören konnte.

Er wurde unruhig und wich meinem Blick aus.

„Sie kennen mich?" sagte er mürrisch. „Meinetwegen. Ich kenne Sie nicht. Ich habe Sie rasiert – brauchen Sie mich noch? Ich habe noch andere Herren zu rasieren."

„Arkadji Fjodorowitsch", sagte ich sehr leise. „Als ich

Sie das letzte Mal sah, trugen Sie eine rote Fahne und sangen die Internationale."

„Was habe ich getragen?" fragte er.

„Eine rote Fahne."

Jetzt erschrak er. Er wurde rot im Gesicht und dann ganz blaß.

„Was ich in meiner freien Zeit tue, das braucht niemanden zu kümmern", sagte er ganz laut, und die Krankenschwester hob den Kopf und horchte auf. „Ich mache hier meine Arbeit wie alle anderen."

Er sah mich böse an. Dann packte er seine Sachen zusammen, und im Fortgehen wendete er sich noch einmal um und rief:

„Und überhaupt geht das niemanden etwas an."

Dann ging er und warf die Tür hinter sich zu.

Eine Weile später kam der Doktor Friebe in mein Zimmer. Er setzte sich an den Rand meines Bettes und begann zu plaudern. Plötzlich sagte er:

„Sag einmal, du hast da vorhin einen Streit mit unserem Krankenwärter gehabt. Der Mann war ganz verstört. Er ist zu mir gekommen und hat sich über dich beschwert. Du sollst ihm seine politische Gesinnung vorgeworfen haben. Mein Gott, wir wissen hier natürlich alle, daß er bei den kommunistischen Umzügen die rote Fahne trägt. Er ist eben eingeschriebenes Parteimitglied. Kein großes Geisteslicht natürlich, aber er macht seine Arbeit hier ganz gut, er ist ein durchaus harmloser Mensch."

„Ich halte ihn nicht für harmlos", sagte ich. „Der Mann verstellt sich, er spielt hier die Rolle des Dummkopfs, ich weiß nicht zu welchem Zweck."

„Aber nein!" rief Doktor Friebe. „Wirklich? Woher kennst du ihn eigentlich?"

„Ich traf ihn in dem Dorf, in dem ich als Gemeindearzt tätig war."

„So. – Wie heißt das Dorf?"

„Morwede."

„Morwede", wiederholte er nachdenklich. „Ja, es gibt hier irgendwo wirklich einen Ort, der so heißt. Wir hatten einmal einen Patienten aus Morwede, er war dort Arbeiter in der Zuckerfabrik."

„In Morwede gibt es keine Zuckerfabrik", sagte ich.

„O doch, es muß dort eine Zuckerfabrik geben. In Morwede also hast du unseren Krankenwärter getroffen? Das ist interessant. Was machte er dort?"

„Er war Inspektor auf einem Rittergut."

„Hör auf", sagte der Doktor Friebe. „Der Mann versteht von der Landwirtschaft genauso viel, wie ich von der Jagd auf Känguruhs verstehe. Vielleicht kann er zur Not eine Kuh von einem Ochsen unterscheiden. Der und Rittergutsinspektor!"

„Du glaubst mir nicht", sagte ich resigniert. „Es hat keinen Sinn, daß ich weiter darüber spreche. Vielleicht glaubst du mir auch nicht –. Erinnerst du dich an die griechische Studentin, die im bakteriologischen Institut mit uns gearbeitet hat? An Kallisto Tsanaris?"

„Ja", sagte er. „An die erinnere ich mich sehr gut."

„Auch sie habe ich in Morwede wiedergetroffen."

„So", meinte er. „Sie ist nämlich hier in Osnabrück verheiratet. Bist du deiner Sache ganz sicher? Hast du in Morwede mit ihr gesprochen?"

Ich mußte lachen.

„Ob ich mit ihr gesprochen habe?" rief ich. „Mensch, sie ist in Morwede meine Geliebte gewesen."

Ich bereute sofort, daß ich das gesagt hatte, ich war wütend über mich. Ich hatte mir mein Geheimnis entreißen lassen, hatte Bibiche und mich in seine Hände gegeben.

„Du wirst schweigen", fuhr ich ihn an. „Ich erwürge dich, wenn du jemals zu irgendwem ein Wort über die Sache sprichst."

Er lächelte und machte eine Geste, die mich beruhigen sollte.

„Na, hör einmal!" meinte er. „Diskretion ist bei mir – ist bei uns Männern doch etwas Selbstverständliches. Sie war also deine Geliebte?"

„Ja. Eine Nacht lang. Oder glaubst du mir das auch nicht?"

„O doch", sagte er sehr ernst. „Das glaube ich dir. Warum soll ich dir das nicht glauben? Du wolltest sie zur Geliebten haben, du mußtest sie zur Geliebten haben, und so ist sie deine Geliebte geworden. Du hast das

Unmögliche erreicht – im Traum, Amberg, im Fiebertraum, als du dalagst und deliriertest."

Ein eisiger Schauer kroch langsam an mir empor, es war mir, als ob eine kalte Hand an meinem Körper nach meinem Herzen tastete, um es zum Stillestehen zu bringen. Ich wollte aufschreien und brachte keinen Laut hervor. Ich starrte ihn an, diesen Menschen, der an dem Rand meines Bettes saß, er sah aus, als spräche er die Wahrheit –. Nein! Nein! Nein! – bäumte es sich in mir auf. – Er lügt, hör ihn nicht an, er will dir Bibiche stehlen, er will dir alles stehlen, er soll fortgehen, ich will ihn nicht länger sehen – und dann wurde ich plötzlich ganz schwach und müde, ich konnte kaum atmen, so müde war ich, eine tiefe Mutlosigkeit kam über mich, ich wußte, daß er die Wahrheit gesprochen hatte – niemals war Bibiche meine Geliebte gewesen.

„Mach kein so verstörtes Gesicht, Amberg", sagte Doktor Friebe. „Nimm die Sache nicht so schwer. Der Traum gibt uns mit verschwenderischen Händen, was uns das karge Leben schuldig bleibt. Und diese sogenannte Wirklichkeit – was wird aus ihr, was bleibt von ihr? Auch das, was wir erlebt haben, wird blaß und schattenhaft, und irgendeinmal zerrinnt es, so wie ein Traum zerrinnt."

„Geh!" sagte ich und schloß die Augen, ich wollte allein sein, jedes Wort, das er sprach, tat mir weh.

Er stand auf.

„Du wirst damit fertig werden", sagte er im Fortgehen. „Irgendeinmal hättest du es ja doch erfahren. Na – du wirst morgen ganz anders darüber denken."

Und jetzt, da ich allein war, jetzt erst begann ich zu begreifen, was mir geschehen war, jetzt erst brach die Verzweiflung über mich herein.

– Wozu weiterleben! – schrie und klagte es in mir. – Warum bin ich aufgewacht! Mit aller Kunst haben sie mich in die Ödigkeit des Alltags hinübergerettet. Es ist zu Ende, ich habe alles verloren, bettelarm bin ich geworden. Muß ich denn weiterleben? Bibiche, Morwede, der Muttergottesbrand – alles nur Fieberwahn, Gespinst des Traumes. – Und schon verwirrten sich die Erinnerungen, die Bilder verschwammen, die Worte verwehten, der Traum entglitt mir. Wie Nebel senkte sich das Vergessen auf die Häuser und Menschen von Morwede.

Es wurde dunkel in mir. Bibiche! Die Augen schließen und nicht mehr erwachen. Man muß nicht weiterleben. Bibiche –

„Gelobt sei Jesus Christus", sagte plötzlich ganz laut die Krankenschwester.

„In Ewigkeit, Amen", hörte ich eine Stimme, und ich zuckte zusammen, ich kannte diese Stimme.

Ich öffnete die Augen. Der Pfarrer von Morwede stand an meinem Bett.

Vierundzwanzigstes Kapitel

„Sie sind es?" rief ich in grenzenloser Überraschung, und meine Hand tastete nach seiner Soutane. „Wie ist das möglich? Sind Sie es wirklich oder –?"

Er räusperte sich lange und umständlich in sein blaukariertes Taschentuch. Dann nickte er mir zu.

„Sie scheinen erstaunt darüber zu sein, daß ich zu Ihnen komme", sagte er. „Haben Sie mich denn nicht erwartet? Ich habe gehört, daß Sie aus Ihrer Bewußtlosigkeit erwacht sind – da ist es doch Menschenpflicht, daß ich nach Ihnen sehe. Habe ich Sie vielleicht erschreckt? Böse Erinnerungen in Ihnen wachgerufen?"

Ich richtete mich auf und sah ihn an, ich spürte den Geruch, der von seiner Soutane ausging, diesen leisen Duft von Schnupftabak und Weihrauch – er war es wirklich. – Wo ist der Doktor Friebe? – rief es in mir. – Warum ist der Doktor Friebe jetzt nicht hier!

„Ja, Sie haben Schlimmes erlebt", fuhr der Pfarrer von Morwede fort. „Es ist ja nun, dem Allmächtigen sei es gedankt, so gut wie vorüber, Sie werden in einigen Tagen das Krankenhaus verlassen können. Aber glauben Sie mir, auch für mich war es ein furchtbarer Augenblick, als ich Sie niederstürzen sah."

„Wo bin ich denn niedergestürzt?" fragte ich.

„In der Halle. Gerade als die Landjäger kamen. Erinnern Sie sich nicht mehr daran?"

„Sie sind der Pfarrer von Morwede, nicht wahr?" sagte ich. „Sie kamen die Treppe herunter und sagten, das Haus sei umstellt, und gleich nach Ihnen kamen die Bauern mit Dreschflegeln und Äxten. Ihre Soutane war zerrissen. Das ist doch wirklich so gewesen – oder habe ich es nur geträumt?"

„Geträumt?" – der Pfarrer schüttelte den Kopf. – „Wie kommen Sie auf diesen Gedanken? Das ist alles leider so wirklich und so wahr, wie daß ich jetzt hier vor Ihnen stehe. – Hat man Ihnen etwa gesagt, daß Sie es nur geträumt haben?"

Ich nickte.

„Ja. Die Ärzte wollen mir weismachen, daß ich vor fünf Wochen hier in Osnabrück auf dem Bahnhofsplatz von einem Auto niedergestoßen worden sei. Und daß ich die ganze Zeit über bewußtlos in diesem Zimmer gelegen und nie in Morwede gewesen sei. Und wenn Sie nicht gekommen wären, Hochwürden –"

„Das überrascht mich nicht", unterbrach mich der Pfarrer. „Ich habe etwas Derartiges erwartet. Sie müssen wissen – es sind Kräfte am Werk, um die Sache niederzuschlagen, und die Aussichten hierfür sind nicht ungünstig, denn hier liegt einer jener Fälle vor, in denen sich private Bestrebungen mit öffentlichen Interessen decken. Man wünscht an höherer Stelle nicht, über Ausbrüche einer revolutionären Gesinnung unter der Bauernschaft Bericht erstatten zu müssen. Es waren also, verstehen Sie, nur lokale Unruhen ohne jede politische Bedeutung, sie wurden rasch unterdrückt, die Bauern sind auf ihre Felder und zu ihren Pflügen zurückgekehrt, und so könnte man über die Sache Gras wachsen lassen – wenn es nicht hier im Krankenhaus einen sehr unbequemen Zeugen gäbe. Der könnte sich am Ende melden und zu sprechen beginnen, und dann müßte die Untersuchung weitergeführt und vielleicht sogar die Anklage gegen einzelne Personen erhoben werden. Begreifen Sie nun, warum man Ihnen beibringen will, daß alles, was Sie erlebt haben, nur ein Fiebertraum gewesen ist? Es gibt Zeugen, die sprechen, und Zeugen, die schweigen müssen. Und Sie, Doktor, werden schweigen, nicht wahr?"

„Jetzt verstehe ich alles", sagte ich, und mir war plötzlich wieder ganz leicht und frei zumute. „Man will mir ein Stück meines Lebens stehlen. Aber wir beide, Hochwürden, Sie und ich, wir wissen, daß ich nicht geträumt habe, wir wissen, daß ich wirklich in Morwede gewesen bin."

„Wir beide wissen es", bestätigte der Pfarrer.

„Und der Freiherr von Malchin?" fragte ich. „Wird er nicht sprechen?"

Die Lippen des Pfarrers bewegten sich wie in einem stummen Gebet.

„Nein, der Freiherr von Malchin wird nicht sprechen", sagte er dann. „Der Freiherr von Malchin ist tot. Mitten im Tumult ist er von einem Herzschlag getroffen zusammengesunken. Mißgönnen Sie ihm nicht dieses leichte Ende. Eine Minute später hätten ihn seine Bauern mit Knütteln totgeschlagen."

Ich schwieg, ich wagte es nicht, weiter zu fragen.

„Ja, Doktor", fuhr der Pfarrer fort, „der Traum vom Hohenstaufenreich ist ausgeträumt. Es gibt keinen Kyffhäuser, es gibt keinen heimlichen Kaiser mehr. Federico? Ich habe ihn zu seinem Vater nach Bergamo gebracht. Er wird Tischler werden. Das kleine Mädchen, die Elsie, ist in einem Schweizer Pensionat, sie weiß es noch nicht, daß ihr Vater tot ist. Vielleicht erinnert sie sich nach Jahren an den Gefährten ihrer Jugend, dann wird sie ihn aus seiner Tischlerwerkstatt holen. Vielleicht vergißt sie ihn."

„Und sie?" rief ich – die ganze Zeit über war diese Frage auf meinen Lippen gewesen: „Was ist mit ihr geschehen?"

Der Pfarrer lächelte. Er erriet, daß ich nach Bibiche fragte.

„Sie ist in Sicherheit", berichtete er. „Sie wußten vielleicht nicht, daß sie verheiratet ist – sie sprach nicht gern davon, sie lebte nicht mit ihrem Mann zusammen. Jetzt ist sie zu ihm zurückgekehrt, hierher nach Osnabrück. Von ihm gehen die Bestrebungen aus, die Sache niederzuschlagen. Er ist eine wichtige Persönlichkeit hier in der Stadt, ein Mann von großem Einfluß. Versuchen Sie nicht, sich ihm in den Weg zu stellen. Sie wären ganz allein in diesem Kampf, ein Einzelner gegen so viele. – Ich? Ach, du lieber Gott! Nein, Doktor, mit mir dürfen Sie nicht rechnen. Geben Sie acht: Wenn ich dieses Haus verlassen habe, wird niemand mich gesehen haben wollen. Wenn ich fort bin, dann war ich nur ein Stück aus Ihrem Traum. Seien Sie klug, Doktor! Wenn Ihnen die Ärzte wieder sagen, Sie hätten im Dämmerzustand diesen Traum von Morwede geträumt, dann geben Sie nach, sagen Sie ja und amen dazu. Es geschieht ja alles nur um dieser Frau willen – vergessen Sie das nicht! Sie haben sie ja auch einmal geliebt – oder habe ich mich getäuscht?"

„Aber warum hat sie den Baron verraten?" rief ich. „Warum hat sie sein Lebenswerk zerstört?"

„Das hat sie nicht getan", sagte der Pfarrer mit einem leichten Kopfschütteln. „Sie ist an dem, was über den Freiherrn von Malchin hereingebrochen ist, völlig unschuldig. Sie hat nur ausgeführt, was er erdacht hat."

„Dann war also ein Fehler in seinen Berechnungen. Wie konnte er so irren! Dieses Ende! Dieser furchtbare Ausgang seines Experimentes!"

„Das Experiment ist ihm gelungen, Doktor. Er hat sich nicht geirrt. Er wollte die Welt zum Glauben zurückführen, aber der Glaube –. Die Kirche Christi ist unwandelbar und ewig, so wie die Wahrheit unwandelbar und ewig ist. Aber der Glaube? Jede Zeit hat ihren Glauben, und der Glaube unserer Tage, das wußte ich schon lange, der Glaube unserer Tage ist –"

Er machte eine hilflose Handbewegung, und in seinem Gesicht war Trauer, Müdigkeit und eine tiefe Resignation.

„Der Umsturz?" fragte ich leise und unsicher. „Ist das der Glaube unserer Tage?"

Der Pfarrer gab keine Antwort.

Ich schloß die Augen und dachte nach. – Der Umsturz! Der Traum von einer gewaltsamen Neuordnung der Dinge. Hat nicht dieser Glaube, wie jeder Glaube, seine Evangelisten und seine Bibel, seinen Mythos und seine Dogmen, seine Priester und seine Sekten, seine Märtyrer und sein Paradies? Wird nicht diese Lehre, wie jede neue Lehre, von den Machthabern dieser Erde verfolgt und unterdrückt? Lebt sie nicht heimlich in den Herzen so vieler, die sie mit den Lippen verleugnen müssen? Ströme von Blut sind in der ganzen Welt um dieser Lehre willen vergossen worden. Ist sie das Evangelium unserer Tage oder ist sie ihr Moloch? –

„Hochwürden!" rief ich. „Helfen Sie mir! Was ist der Glaube unserer Tage?"

. Es kam keine Antwort.

Ich öffnete die Augen und richtete mich auf.

Der Pfarrer von Morwede war nicht mehr da. Nur ein leiser Duft von Schnupftabak und Weihrauch war zurückgeblieben.

„Schwester", bat ich, „rufen Sie den Herrn zurück."

Die Krankenschwester sah von ihrer Häkelarbeit auf. „Welchen Herrn?"

„Den geistlichen Herrn, der eben hinausgegangen ist."

„Hier war niemand."

„Aber ich habe doch vor einer Minute mit einem Pfarrer gesprochen. Er stand hier an meinem Bett. Er ist aus dem Zimmer gegangen. Ein geistlicher Herr. Ein Pfarrer."

Die Schwester nahm das Thermometer, schüttelte es und legte es in meine Achselhöhle.

„Ein Pfarrer?" wiederholte sie. „Nein, es war niemand hier. Sie haben mit sich selbst gesprochen."

Ich sah sie an, erst verwundert und dann wütend – und dann begriff ich endlich. Natürlich! Er hatte es mir ja vorher gesagt. – Geben Sie acht – hatte er gesagt –, wenn ich das Haus verlassen habe, wird niemand mich gesehen haben wollen. – Genau so war es eingetroffen. Wie richtig er es vorausgesehen hatte!

Was hatte er mir geraten? Ich solle ja und amen dazu sagen? – Gut.

„Sie haben recht, Schwester", sagte ich. „Ich habe mit mir selbst gesprochen. Ich tue das öfters, es ist eine schlechte Gewohnheit, ich weiß es. – Kommt der Herr Oberarzt heute noch einmal her? Ich hätte dringend mit ihm zu sprechen."

Der Oberarzt blieb in der Tür stehen.

„Nun?" fragte er. „Sie haben mich rufen lassen. Etwas nicht in Ordnung? Fieber?"

„Nein", sagte ich. „Kein Fieber. Ich wollte Ihnen nur sagen, daß ich mich jetzt genau daran erinnern kann, wie das Unglück geschehen ist. Ich ging über den Bahnhofplatz, rings um mich war ein Höllenlärm, ich blieb stehen und hob eine Broschüre auf, die mir zu Boden gefallen war, knapp hinter mir hörte ich Hupensignale, und dann muß mich das Auto niedergestoßen haben."

Er kam näher an mein Bett heran.

„Und die Geschichte mit dem Dreschflegel?"

„Die dürfte ich geträumt haben, Herr Oberarzt."

„Na, Gott sei Dank!" rief er, und man sah ihm seine Erleichterung an. „Hören Sie – ich war ernsthaft besorgt um Sie. Ich befürchtete einen neuerlichen Bluteintritt ins Gehirn, Bewußtseinstrübung. Also diese Gefahr scheint nicht mehr zu bestehen. Jetzt heißt es nur, wieder zu Kräften kommen. Ich denke, ich werde Sie in einer Woche etwa in häusliche Pflege entlassen können – wäre Ihnen das recht?"

Fünfundzwanzigstes Kapitel

Eine Woche später ging ich auf einen Stock gestützt zwei Treppen hoch in das Zimmer des Oberarztes, um mich von ihm zu verabschieden.

Er stand vom Schreibtisch auf und kam mir entgegen.

„Na also, da sind Sie ja", begrüßte er mich. „Sie haben sich erstaunlich rasch erholt in den letzten Tagen. Kaum wiederzuerkennen. Also heute verlassen Sie uns? Wenn ich mich erinnere, wie man Sie hierher gebracht hat –! Nein, Herr Kollege, da ist nichts zu danken, wir wollen es Ihrer kräftigen Konstitution zuschreiben, daß es so gut ausgegangen ist – nein, ich habe wirklich nicht mehr als meine Pflicht getan. Ja, daß es zufällig mein Spezialgebiet ist, will ich gerne zugeben. Also mit dem Nachmittagszug? Wenn Sie Ihr Weg wieder einmal nach Osnabrück führt –"

„Eduard, möchtest du mir den Herrn nicht vorstellen?" sagte hinter mir eine Stimme, und ich wendete mich um und stand Bibiche gegenüber.

Wir sahen einander an – nichts in ihrem Gesicht verriet ihre Bewegung. Wußte sie sich so zu beherrschen? Oder hatte sie erwartet, daß ich hierher kommen würde?

„Herr Doktor Amberg –, meine Frau", stellte der Oberarzt vor. „Hast du den Wagen unten? Es ist etwas früh, ich habe noch zu arbeiten. – Doktor Amberg war bis heute Patient bei uns. Er ist auf dem Bahnhofplatz –. Nun? Wie war das? Erzählen Sie, Doktor Amberg!"

„Ich wurde von einem Auto niedergestoßen, gnädige Frau."

Der Oberarzt strich sich vergnügt den Spitzbart.

„Also nicht mit einem Dreschflegel niedergeschlagen – wie? Das war nämlich, mußt du wissen, seine fixe Idee. Tagelang hat er sich das eingebildet."

Er lachte. Bibiche sah mich aus großen, ernsten Augen an.

„Bruch der Schädelbasis, Bluterguß ins Gehirn", fuhr der Oberarzt fort.

„War es so schlimm!" sagte Bibiche zu mir, und ich hätte sie umarmen mögen für das Mitleid und die Trauer, die in ihrer Stimme klangen.

„Ja, sehr einfach war die Sache wirklich nicht", antwortete an meiner Stelle der Oberarzt. „Volle sechs Wochen hindurch hat er uns zu tun gegeben."

„Sie werden an diese Zeit wohl mit wenig freundlichen Gefühlen zurückdenken, nicht wahr?" fragte Bibiche mit einem Blick, der mir verriet, wie ängstlich sie auf meine Antwort wartete.

„Ich nehme aus dieser Zeit eine große und schöne Erinnerung mit mir", sagte ich. „Ich werde niemals diese Zeit vergessen."

Und ich beugte mich ein wenig vor und fragte ganz leise:

„Und Sie, Bibiche?"

Aber so leise meine Worte auch gewesen waren, der Oberarzt hatte sie doch gehört.

„Sie kennen meine Frau?" wendete er sich an mich. „Sie wissen, wie sie gerufen wird?"

„Ich denke die ganze Zeit darüber nach, woher ich den Herrn Doktor kenne", sagte Bibiche sehr rasch.

Sie sah mich an, und aus ihren Augen flehte es: Nimm dich in acht! Verrat mich nicht! Er ahnt, was zwischen uns gewesen ist. Wenn er Gewißheit hätte –

Nein, Bibiche, hab keine Angst, ich werde dich nicht verraten.

„Ich hatte das Vergnügen", sagte ich, „in Berlin zusammen mit der gnädigen Frau im bakteriologischen Institut zu arbeiten."

Bibiche lächelte.

„Natürlich. Daß ich mich nicht gleich daran erinnert habe! Und das ist gar nicht einmal so lange her."

„Nein", sagte ich, „das ist noch gar nicht lange her."

Wir schwiegen und dachten einen Augenblick lang beide an Morwede und an das kleine, armselige Zimmer, zu dem eine knarrende Holztreppe hinaufführte.

Der Oberarzt räusperte sich. Bibiche reichte mir ihre Hand.

„Ich wünsche Ihnen eine gute Reise, Herr Doktor, und –"

Sie zögerte und suchte nach einem letzten Wort.

„Und behalten Sie uns in guter Erinnerung", sagte sie dann leise.

Ich beugte mich über ihre Hand.

„Ich danke Ihnen", sagte ich, und ich fühlte, wie ihre Hand in der meinen zitterte – Bibiche erriet, wofür ich ihr gedankt hatte.

Ich ging über den Hof. Bibiche stand am Fenster und sah mir nach, ich wußte es – ohne hinzusehen, wußte ich es, ich fühlte ihren Blick.

Ich ging langsam. Der Schnee begann zu schmelzen, zwischen den Wolken war die Sonne hervorgekommen, von den Dächern tropfte das Wasser. Die Luft war milde, es sah aus, als wollte es noch heute Frühling werden.

Marcel Proust
Combray

Aus dem Französischen übersetzt
von Eva Rechel-Mertens
Mit einem Essay von Manfred Naumann
Taschenbibliothek der Weltliteratur
271 Seiten · Broschur
ISBN 3-351-00248-3
Best.-Nr. 613 380 2
Bestellwort: Proust, Combray TdW

Mit „Combray" eröffnet sich der erste Band der „Suche nach der verlorenen Zeit", und erzählt wird die Geschichte der Kindheit ihres Helden, Marcel.

„Combray" stellt nicht nur einen der schönsten Teile des berühmten Zyklus dar, sondern enthält auch bereits das gesamte ästhetische und geistige Programm, von dem die revolutionierende Wirkung Prousts auf den modernen Roman ausging.

„Diese überaus erstaunliche Woge von Erinnerungen, die natürlich eine enorme Rolle im Schaffen jedes Schriftstellers spielt, ist bei Proust mächtig und tragisch, er liebt nicht nur seine ‚temps perdus', er weiß, daß sie für ihn gerade nicht ‚perdus' sind, daß er sie aufs neue vor sich auslegen kann wie riesige Teppiche, wie Schals, daß er diese Qualen und Genüsse, Höhenflüge und Stürze abermals durchmachen kann.

Wie der Geizige Ritter sitzt er zwischen den Truhen seiner Erinnerungen, und ihn erfaßt eine Wonne, die der von Puschkin beschriebenen so nahe ist. Der Reichtum seiner Erinnerungen – das ist denn auch sein Werk. Seine Macht ist hier wirklich gewaltig. Es ist das eine Welt, die er aufhalten, kombinieren, bis auf den Grund in Details erschließen, ungeheuer übertreiben kann ..."

Anatoli Lunatscharski

Aufbau-Verlag Berlin und Weimar

Briefe aus der Französischen Revolution

ausgewählt, übersetzt und erläutert
von Gustav Landauer

Herausgegeben von Gerhard Hendel
Textrevision von Edda Bauer
686 Seiten · Leinen
ISBN 3-352-0036-0
Best.-Nr. 618 378 9
Bestellwort: Landauer, Briefe 1–2

Gustav Landauers Briefauswahl zu diesem Epochen-
ereignis – erstmals 1919 erschienen – ist ein Dokumen-
tenwerk, in dem subjektive Zeugnisse von Repräsentan-
ten der Revolution, von Sympathisanten, Berichterstat-
tern, Konterrevolutionären sowie deren Spitzeln und
Handlangern über interessante Einzelschicksale infor-
mieren, die in ihrer Gesamtheit ein buntes Mosaik le-
bensnaher Geschichte sind.

Rütten & Loening · Berlin

Dichter im Frieden
100 Autoren der DDR
Ein Foto-Lese-Buch

Herausgegeben von Günther Drommer
Zusammenstellung der Fotos
von Roger Melis
220 Seiten · Leinen
ISBN 3-351-00049-9
Best.-Nr. 613 312 4
Bestellwort: Dichter im Frieden

Dieses Foto-Lese-Buch gibt Auskunft über hundert Schriftsteller unseres Landes. Sie sind von namhaften Fotografen porträtiert, den Fotos beigestellt sind Texte aus ihrem Werk zum Grundthema unserer Zeit, dem Frieden. Die meisterliche Vielfalt der Fotografien und Textbeiträge läßt das Betrachten und Lesen des Bandes zu einem Vergnügen werden, und sie dokumentiert zugleich die Vielstimmigkeit, die die Literatur der DDR in vierzig Jahren sozialistischen Aufbaus geprägt hat.

Aufbau-Verlag Berlin und Weimar

Steffie Spira-Ruschin
Trab der Schaukelpferde
Aufzeichnungen im nachhinein

Mit zahlreichen Photos
Zusammenstellung der Photographien,
Theaterzettel und Legenden:
Günter Caspar
Rollenverzeichnis: Elke Tasche
250 Seiten · Leinen
ISBN 3-351-00886-4
Best.-Nr. 613 080 4
Bestellwort: Spira-Ruschin, Trab

Die Biographie der bekannten Schauspielerin ist an Ereignissen reich: erstes Engagement im Berlin der zwanziger Jahre, 1931 Volksbühne, Mitglied in von Wangenheims „Truppe 1931", Emigration nach Paris, 1940 Mexiko, dort Mitglied des „Heine-Klubs", 1947 Rückkehr nach Berlin. Während all dieser Lebensetappen ist die Künstlerin mit einer Vielzahl berühmter Persönlichkeiten bekannt geworden: Schriftsteller, Schauspieler, Politiker. Zu ihren engsten Freunden gehörten auch Anna Seghers und Egon Erwin Kisch, denen eigene sehr persönlich geschriebene Kapitel gewidmet sind. Die heute Achtzigjährige ist sich in ihrer moralischen Haltung, ihrem künstlerischen Urteil und ihrer Stellungnahme zu den widersprüchlichen Ereignissen ihrer Zeit stets treu geblieben, was das Buch zu mehr als den üblichen Schauspielermemoiren macht.

Aufbau-Verlag Berlin und Weimar

Aufbau – Außer der Reihe

Eine neue Edition
Herausgegeben von Gerhard Wolf

„Außer der Reihe"
- will experimentieren, erkunden und Neues sagen
- ist unkonventionell, zeitgemäß und zeitbedingt
  in Inhalt und Ausstattung
- hält alle Genres für möglich und ist variabel im Umfang
- ist ein aktuelles Forum für DDR-Literatur
- bringt viermal im Jahr neue Namen: ein Diskussionsangebot junger Autoren
  „Außer der Reihe" und doch „in"!

Als erste Bände erscheinen:

Bert Papenfuß-Gorek · dreizehntanz

Rainer Schedlinski · die rationen des ja und des nein

Reinhard Jirgl · Mutter Vater Roman

Gabriele Kachold · zügel los

Jan Faktor · Georgs Versuche an einem Gedicht
und andere positive Texte aus dem Dichtergarten des Grauens

Aufbau-Verlag Berlin und Weimar

TdW
Taschenbibliothek der Weltliteratur

Veröffentlichung von Werken deutscher
und internationaler Schriftsteller
aus Vergangenheit und Gegenwart

Preiswerte Ausgaben
in moderner Paperbackausstattung

Neuerscheinungen 1989

Homer: Ilias und Odyssee
Kinder- und Hausmärchen. Gesammelt durch
   die Brüder Grimm
Erich Maria Remarque: Im Westen nichts Neues
Karel Čapek: Hordubal · Der Meteor
   Ein gewöhnliches Leben
James Fenimore Cooper: Der Spion
Guy de Maupassant: Eine Landpartie
Jules Verne: Die Kinder des Kapitäns Grant
Michel Tournier: Der Erlkönig

Nachauflage

Thomas Mann: Der Tod in Venedig

Aufbau-Verlag Berlin und Weimar

Aus unserem
bb-Taschenbuchprogramm 1989

Hermann Kant: Herrn Farßmanns Erzählungen
Jürgen Kuczynski: Dialog mit meinem Urenkel
Christoph Hein: Das Wildpferd unterm Kachelofen
Die Liebesprobe. Altdeutsche Schwänke
Es waren zwei Königskinder. Eine Auswahl
    deutscher Volkslieder
Friedrich de la Motte Fouqué: Das Schauerfeld
Bruno Frank: Trenck
Erich Kästner: Montagsgedichte
Leo Perutz: Sankt-Petri-Schnee
Siegfried Lenz: So zärtlich war Suleyken
Alexej Pissemski: Ist sie schuldig? (Arbeitstitel)
Joyce Marlow: Kessie
Margaret Atwood: Die eßbare Frau
Ray Bradbury: Der Tod ist ein einsames Geschäft
Alison Lurie: Affären
Erotisches zur Nacht. Erzählungen
Romain Gary: Das fliegende Gedächtnis
Françoise Sagan: Brennender Sommer
Armand Lanoux: Wenn das Meer zurückweicht

Aufbau-Verlag Berlin und Weimar